悦读文库

张云广 著

每一段跋涉的路都有意义

江西教育出版社
JIANGXI EDUCATION PUBLISHING HOUSE

图书在版编目 （ＣＩＰ） 数据

每一段跋涉的路都有意义 / 张云广著． -- 南昌 ：
江西教育出版社， 2016.10（2019.7 重印）
（悦读文库）
ISBN 978-7-5392-9053-9

Ⅰ．①每… Ⅱ．①张… Ⅲ．①人生哲学－通俗读物
Ⅳ．① B821-49

中国版本图书馆 CIP 数据核字 (2016) 第 240135 号

每一段跋涉的路都有意义
MEIYIDUANBASHEDELUDOUYOUYIYI

张云广　著

江西教育出版社出版

（南昌市抚河北路 291 号　邮编：330008）
各地新华书店经销
石家庄继文印刷有限公司
720mm×1000mm　16 开本　　13 印张
2017 年 3 月第 1 版　2019 年 7 月第 7 次印刷
ISBN 978-7-5392-9053-9
定价：26.00 元

赣教版图书如有印制质量问题，请向我社调换　电话：0791-86710427
投稿邮箱：JXJYCBS@163.com　　　电话：0791-86705643
网址：http://www.jxeph.com

赣版权登字 -02-2016-751

序　言

　　唐人杜荀鹤的一首名为《小松》的七绝是这样写的："自小刺头深草里，而今渐觉出蓬蒿。时人不识凌云木，直待凌云始道高。"

　　即使是一株参天的大树，也要有漫长的生长期，也有被深草埋没、"不见天日"的时候。所谓生长期也就是沉默期，这时候，自己处于被遮蔽状态，不为人知、力量弱小、条件不佳、资源有限，但你要始终相信弱小只是暂时的，有朝一日定会出人头地；你要在沉默中不忘上进，不断充实和壮大自己。

　　在此过程中，你还必须修炼强大的心境，以消除内心的杂音，抵御外界的干扰。在别人鄙夷和嘲笑的否定中，不断自我肯定，不断自我加油，真正做到不抛弃梦想，不放弃努力，要始终坚信：年轻没有失败，只有暂时的不成功，每一段跋涉的路都有它独特的存在意义！

　　祝愿一路顺风，是因为人间多是行路难；祝愿身体健康，是因为大小病患随时随地可能发作；祝愿马到成功，是因为常常半途而废或功亏一篑；至于祝愿万事如意，那更是仅仅听起来很漂亮而已，世间不如意事常八九呀！

　　本书正是借助文字、通过故事和读者一起探讨如何面对生活中诸多不如意这一带有普遍性的人生课题的。书中宣扬的是一种迎难而上的英雄气质、永不衰减的乐观精神以及自强不息、坚持不懈的品质，这种气质、精神和品质让我们更加坚强地面对外界的偏见和打击，也更加坚毅地清除内心随时可能冒出的灰心和懈怠、自卑和无助。故事中的主人公无论是运动员还是战士，无论是城市保安还是乡村老者，无论是动物还是植物，都以其卓越的表现给我们带来人生的启示和激励。

每一段路都有意义，只要你在不断探索，只要你在不断前进，只要你在不断做着自我的完善和提升，人生之路上迈出的每一步就都是铿锵有力的，都是勇往直前的，都是值得肯定的。是的，相信本书中讲述的励志故事一定会给你带来新的感悟。

林书豪曾在央视《开讲啦》做过一期名为"被嘲笑的梦想"的节目。翻开一部部杰出人物的成功史，你会发现他们传奇人生中的一大交集：不被嘲笑的梦想算不上真正的梦想，而不惧嘲笑、不断用信念和行动进行自我肯定的梦想最终才会发出夺目耀眼的光芒。

尽管遭遇坎坷，尽管一路曲折，世间的成功者们都深谙一个道理：只要一直走在进取的路上，再远的目的地也一定能够到达，因为，每一段路程的跋涉都有它不可替代的积极意义！就像一棵参天大树，自发芽开始的每一个成长阶段都是具有重要意义的。

生活虐我千百遍，我待生活如初恋。这种"初恋"的感觉和态度让每一段辛苦跋涉的路程都有了新意与画意，有了诗情和豪情。沐浴梦想的光芒，挥洒拼搏的力量，奋斗在，青春就一直在，希望就一直在！

谨以此书与那些正在一路求索一路拼搏的跋涉者共勉！

张云广

2016年7月

目 录

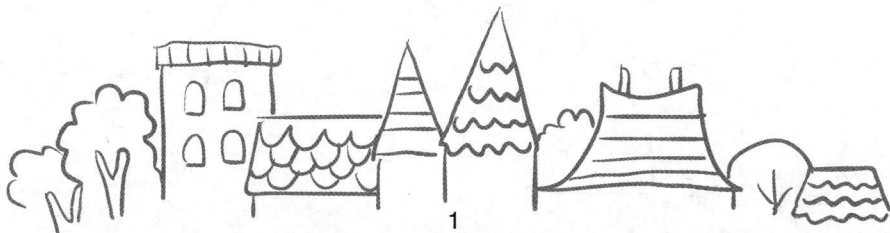

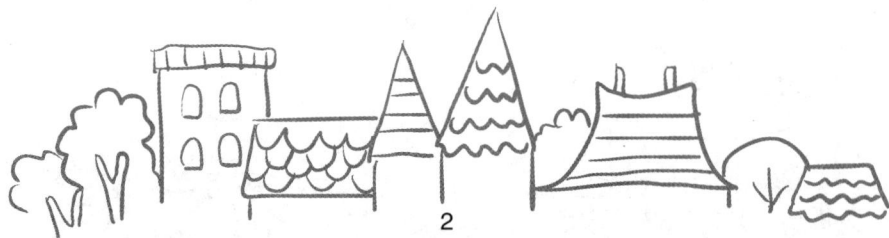

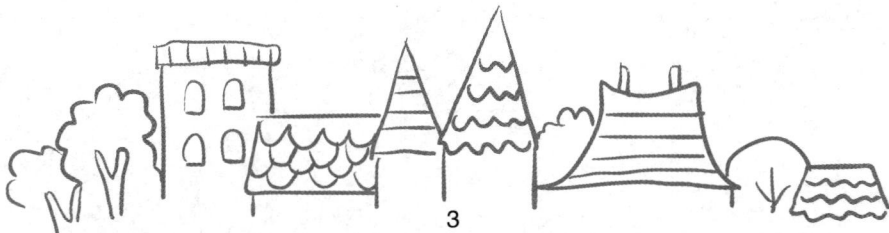

第一辑

因为热爱，所以奔跑

　　怎样的青春才算无怨无悔？怎样的日子才算闪亮动人？也许每个人的心中都会有自己的一份答案，但有一点确定无疑，那就是真正意义上的青春属于奋斗者和跋涉者。前些日子，听说了青岛警备区一名90后侦察尖兵马品的故事后让我再次对此确信无疑。是的，青春的美好不是放纵自己随意地去挥霍，而是鼓舞自己全力地去收获，收获知识，收获体验，收获心灵和思想的力量，从而精心打造出一段只属于自己的青春传奇。

每一段跋涉的路都有意义

国庆期间，学生去太行山中写生，而我的生活也由平原模式切换成了山区模式，同伴把这种模式戏称为"当狼模式"。

写生不同于旅行，美术生也不同于驴友，每天的安排都是满满的：上午画村里的房屋街道，下午画村外的青山绿水，临睡前还要画几幅速写。为了给学生们探测出最佳的村外风景，我与另一位带队老师负责寻找一条最好的外出路线以供学生们第二日去画。

写生基地游鱼村是一个四面环山的小山村，其正西一公里外有一座横亘南北的大山，山体呈"凸"字状，岩面垂直离地千余米，俨然游鱼村一道天然的屏风。问及村民才知，村里有一个生产小队在山上安营扎寨，而山又矗立在村子西面，故此山名为西寨山。

那村民们是如何跨越东西两道落差很大的悬崖的呢？山上那两百亩平地都种了些什么？现在是否还有村中人所说的那个小队住在上面？久居平原的我们对此充满了好奇。

"或许山的那一面会有小径通往山上。"同伴的一句话启发了大家，再问及村民果如同伴所言，为此我们两人打算到山的那一边一探究竟。

入深林，穷回溪，经怪石，过峡谷，我们一路穿行来到了西寨山的东面，同时也是与之相连的另一座山的西面。步行于高出游鱼村二三百米的

谷底搜索，却未能发现那条攀登路径。遗憾之余，我们两人决定攀爬与西寨山相邻、山谷西面的那座几乎与西寨山等高的大山——不能用脚登顶那就用眼饱览吧。

西面这座不知名的山，其山势看起来不算太陡，重要的是可以顺着一条早已废弃的导水石渠向上攀登。不过，攀到了半山腰一个大蓄水池时，向上的道路就此结束。不甘半途而废的我们无路开路，在荆棘树相对较少的地方穿行，但还是有一些针刺刺入了我们的衣裤之中。

这里远离村庄，即使山中常见的牧羊人都看不到，真的算是荒山野岭了，我们在一路披荆斩棘的同时自是不敢忘记警戒。一坨粪便让我们把警戒水平由黄色提升为橙色，不同于颗粒状山羊或野兔的排泄物，这坨粪便很粗很长，初步判断应是一只个头较大的肉食动物留下的。于是，我们握紧了手中原本用于登山的棍棒，这样有狼等凶兽出没的话可以立刻进入战斗状态。

"上下高岭，深山荒寂，恐藏虎，故草木俱焚去……"此时此刻，豪放而又风趣的同伴触景生情，竟然一脸深情地吟诵起《徐霞客游记》中的语句，此情此景，真是别有一番风味。

我们没有焚草木，虎狼也并没有出现，而真正的麻烦却是另外的一件事。当我们距离山顶还有十来米高度时却发现上面已是垂直峭壁，峭壁岩面光滑没有任何突出之物可供踩踏，也没有任何植被可供抓附，可谓"猿猱欲度愁攀援"。猿猱都没有办法，没有登山装备的我们又能奈何？无奈之下只好望顶而兴叹了。

正在为功亏一篑而惋惜之际，脚蹬一簇小荆棘树、背靠青山以调息的我们突然眼前一亮，荆棘丛的斜对面也就是西寨山的西面偏南的矮树棵子丛中隐约有一条小路通往高处！

惊喜之余，我们下到谷底，按照刚才发现的位置很快就找到了那条小路的起始地点。尽管小路很窄而且百步九折，但毕竟比无路而开路要容易许多。一路向上不作停留，速度之快远胜刚才。

登顶之后我们瞬间惊呆了，一棵棵杜梨树像一团团燃烧的火焰挺立在山顶上，一片高草棵子青中见黄带着深秋的色彩。不远处，几座石屋掩映在一片枣树、梨树和核桃树丛中，再远处黄澄澄的谷子在轻缓山风的吹拂下摇晃着沉重的脑袋，几只长着彩色翅膀的小鸟唱着婉转的歌曲从草间斜飞向飘着悠悠白云的蓝天，一切都带着世外桃源般的美好。我们狂奔，我们高喊，我们一头扑进了柔软的草丛里……

站在西寨山宽阔的山顶，眺望攀登西面之山时一路走过的山径，不禁让人心生感慨。即使道上遭遇了挑战，即使途中生出了失望，即使征程需要原路折回需要重新确定前行的方向，行走依然是一种由心灵外放而出的正面能量。因为跋涉即过程，过程即收获，只要用手去攀，只要用脚去踏，只要用眼去观，只要用心去渡，每一段跋涉的路都有它存在的重要价值，每一段跋涉的路都有它延伸的特别意义！

因为热爱，所以奔跑

"这一刻尽全力做到最好，下一刻把自己放在最好的位置。"这一句颇为豪壮给力的话语就是青岛警备区一名带有传奇色彩的90后侦察尖兵马品的原创座右铭。

马品的传奇人生至少可以追溯到2004年。那一年，还在上初中一年级的他以优秀的体能素质入选淮安市运动学校田径队跨栏组，从而开启了他为期五年的体校运动员生涯。

先天条件优越，再加上敢吃苦，能吃苦，怀着一颗热爱体育的心，每一次都是最后一个离开训练场地，这使他在体校中很快脱颖而出。天道酬勤，在三年之后的田径跨栏赛中，这位意气风发、斗志昂扬的小伙子荣获淮安市青少年田径比赛第一名和江苏省田径赛第二名的好成绩以及"淮安市优秀运动员"的荣誉称号。

由于表现出色，马品又被组织选派到上海参加培训。让马品兴奋不已的是，2004年雅典奥运会110米栏冠军刘翔和他的训练场地只有一墙之隔。高强度的训练之余，马品常常关注他所崇拜的偶像刘翔的一些情况，并在心中暗暗种下了一个美丽的梦想——成为第二个"刘翔"，成为第二个摘取110米跨栏奥运金牌的黄种人。

因为有目标，所以有动力；因为有动力，所以有持续的进步。幸运之神再一次向他招手，在教练的推荐下，马品去了上海市体育运动学校，他感觉自己与心中目标在一步步地靠近，浑身充盈着激情和力量。

马品出生在一个普普通通的农民家庭，家底并不算殷实，为了节约日常开支他常常吃泡面，但他从来都不自卑，因为他始终相信，人因梦想和信念而高贵，况且他正阔步行进在一条通往荣耀之巅的大路上。

然而，远在淮安老家的母亲打来的一个电话中断了他的幸运之链的向前延伸，并让年轻的马品体会到了现实的冰冷和骨感。母亲在电话中告诉马品，他的父亲病重，医疗费用很大，家里已经无力再支持他圆梦110米栏。

经过几个难眠之夜的煎熬与思虑，一向孝顺的马品实在不忍心由于自己的原因继续增加家庭的负担，于是十分理性地选择了离开，离开了他承载着梦想的地方。临行那一天，马品像往常一样把栏架摆放在了训练场上，但这一次他的身子没有再次化作一道"黄色闪电"，而是一个人在栏架旁坐了很久，看了很久，想了很久。

回到淮安老家，马品没有偃旗息鼓，他的身体里依然鼓荡着的青春热血不允许他就此一蹶不振。他振奋精神，只待下一次为了梦想而踏上新的征程。一部热播的军营励志剧——《士兵突击》改变了他的人生轨迹，主人公许三多由一个"菜鸟"变成一名优秀特种兵的故事让马品把梦想的目光投向了绿色的军营。

2009年12月，马品成功地转型为青岛警备区的一名军人，由于有运动员素质作坚实的基础，在新兵连的各项训练中，马品一路领先成为新兵考核中的佼佼者。2010年2月，马品以新兵考核总分第一的好成绩为新兵连生涯画上了一个完美的句号，并因此如愿以偿地成为一名侦察兵。

让马品本人都没有想到的是，带着光环并且自信满满的他在分配到连队之后的第一个基础训练课目——攀登高台（俗称"抓大绳"）中却连连碰壁，几次尝试都未能成功登顶。面对10米高的攀登训练台，他攀登到一

小半就因为气喘吁吁、后继乏力，多次悬在空中既上不去又下不来，这让他很是尴尬。攀登需要力量，这是马品不缺少的，但攀登同样需要技巧，这是马品所欠缺的，而且此时此刻一米八七的个头也成了他掌握技术的一个明显的缺陷，然而从不服输的他相信通过刻苦的训练是可以弥补这一缺陷的。

为了尽快提升自己的攀登水平，马品虚心地向老兵们求教，当得知双腿绑缚沙袋可以使训练效果事半功倍之时，他毫不犹豫地把两个五斤重的沙袋绑在自己的两条腿上。当时这一做法在战士中很流行，但马品是全连唯一一个坚持下来的士兵。除此之外，在完成规定的训练任务量之后，他还给自己增加新的任务。也是这一年，马品跑步7500公里，跑坏20多双军鞋，攀登磨破60多双手套。由于训练量和训练强度都很大，手上肉皮一层层往外翻，感觉如同针扎，战友们常常看到经他攀登过的那条直径3厘米的绳索血迹斑斑，俨然成了一条血绳，但他就是不抛弃，不放弃，终于经过半个月的"士兵突击"，他第一次顺利攀上了10米高台。

虽然近期目标已经实现，但马品决不会安于现状止步不前，追求绝对竞技优势的他，每一天夜间在舍友们都进入梦乡之后，还在偷偷地搞体能训练。"夹绳紧，踩绳猛，手抓不停留，脚蹬同步走。"这是马品总结出来并与战友们一起分享的个人攀登经验。功夫不负有心人，半年之后，马品"抓大绳"的水准已经处于领先的地位，被战友们亲切地称为"军中的绿色蜘蛛侠"，而"挑战马品"也成了战友们一个拉风的口号和行动。

2013年初，济南军区挑选200多名训练骨干进行集中训练，马品也是其中的一员。为了能够取得好名次，马品给自己定了一个相当残酷的额外训练计划：每天两次10公里越野，再加五次3公里冲刺。由于训练量很大，脚上常有血泡磨出来。每一次，马品都是忍着常人难以想象的疼痛，以极大的勇气用穿了线的细针把脚上的血泡挑破，把血泡中的液体挤出

来，把线留在里面缝好伤口，然后第二天继续奋力奔跑。常常是旧的血泡还未痊愈，里面就又生出了一个新的血泡，于是马品拿起带着线的细针扎进第二层血泡之中……

由于训练特别勤奋，再加上有先前练就的攀登技能优势在身，马品以优异的成绩进入了第二阶段的集训。这一次由平原转战高原，初到高原的马品上吐下泻反应强烈，然而他没有放弃，尽管中午和晚上需要打吊瓶治病，但白天的训练他每次都是准时出现从不缺席。好心的战友们建议他休养身体，等病好了再练，每回都被他婉言拒绝。面对集训队中几乎每日都有战友无法坚持而被迫放弃的情况，坚信"坚持就是胜利"的马品没有中途退场。2013年8月，经过三个阶段的集训之后，马品入选济南军区预备组，登上了属于他自己的又一个人生高峰。

光荣的脚步一直在向前延伸，2014年，经过层层严苛的选拔，马品被确认代表山东省军区参加济南军区侦察兵大比武。也许真的如其座右铭中所说的那样，对于这一刻尽全力做到最好的他来说，最好的位置永远在值得期待的下一刻！

"每次都拼尽全力地去冲，就是因为我喜欢它，我热爱它，所以说我就是必须把它干好。"在接受记者采访时马品如是说。是的，因为喜欢、热爱所以全力奔跑，因为全力奔跑所以刷新了一个又一个人生的进军高度，这就是90后侦察兵马品走向优秀、铸造传奇的全部秘密。

半掩的柿树

穿越峡谷，披枝开路。

我们都是"不走寻常路"的人，放着平坦的石板山径不走，偏偏要下到谷底崎岖行进，一看就是"久居平原不喜平"的那一类人。

第一次不设时限、不设地段地进野山游玩，踩着形态各异、时断时续的碎石块前行，向往让身体忽略了艰难，兴奋让心灵搁置了疲惫。峡谷百步一折，十步一景，望不到尽头，探不到出口，带着一种新奇一种神秘，牵动着你的脚步向前，再向前。

时过中秋，酸枣树的荆棘枝上挂着一枚枚玲珑的红果子，很是诱人。虽然果核很大，虽然果肉很薄，但仍不失为补充能量的佳品。

当然，真正能给你身体充盈能量的还是比酸枣大很多倍的柿果。接近火焰色的柿果掩映在更接近火焰色的柿叶当中，仿佛静候着有缘人下谷移步来品尝。可是，空谷寂寥，鲜有人踪，前来"光顾者"多是一些山雀，这些家伙个个都堪称美食家，专挑那最熟最甜的柿果来啄食。

山谷之中日照时间不长，此时大部分果子还未进入成熟期。不成熟的柿果坚硬干涩，远不及那些深红、半透明的成熟柿果甘美多汁。通常是，几个人快步来到一棵柿子树下，却发现树上可供食用且在有效攀摘范围之内的果子竟然寥寥无几甚至一枚都无。

幸好，有一棵柿树是一个例外。还隔着老远，第一眼看到它时就断定自己要有口福了，令人垂涎并信手可摘的柿果很快就验证了我们推断的高度准确性。在薄薄的果皮上剥开或者咬破一个小口，如吸食果冻般一口气把里面的果肉吞入腹中，甘甜的味道足以慰藉一路跋涉的艰辛。

三四枚柿果吃下，面对眼前的这一棵硕果满枝的柿树，充溢心中的不只是惬意，不只是感激，更多的是深深的敬意。这一段峡谷两侧的岩体结构并不坚密，尤其是山谷南面，红色的碎石大规模地松动并滚落，俨然成了一条碎石瀑布，而这一棵柿树不幸就身处在这条壮观而又可怕的碎石瀑布之中！

这显然是一棵老树了，粗大的树干，干裂多皱、近乎黑色的树皮诉说着它的沧桑过去，而最见沧桑的是，这些看似不动的碎石让老树的树干露出的部分已不满一尺！植物不比动物，动物在危难来临之时尚能选择逃避，而无法挪移身体的植物只能选择面对，在无声中蓄积勇气，于沉默中沉淀耐力，去面对一切可能出现的状况。

毫无疑问，碎石还会在老柿树身上增加它的厚度，也许明年夏天一次山洪的冲刷就会把它的树干全部掩埋。毫无疑问，老柿树还会在明年的春天里开花，一如今年的春天里花开满枝；还会在明年的秋季里挂满甜美的柿果，一如今年的秋季里挂满这甜美的柿果……

柿子树是长寿树，单就其结果期而言就能超过百年，不过恐怕这棵树是挺不到那个时候了。史铁生说过，"死是一个必然降临的节日。"老树的这一"节日"又会在哪一天降临呢？我们无从知道。我们只是这座山谷的偶然闯入者，自是无法见证那一天的到来，唯有蹲下身子抚摸树干祈祷这一天来得晚一些。其实，老柿树已经用它倔强的形体告诉了我们，对此事大可不必忧虑。在无情的自然之力的考验下，一棵树或许比一个人战斗得更坚韧，应对得更从容，对峙得更沉静，从而表现得更加可敬。

站在一棵身体被碎石半掩的柿子树旁，一团火焰烈烈燃烧在眼前，也腾腾燃烧在心中，那是意志的光焰，也是抗争的风景！

信念是最强大的装备

佛说，八十一难，九九归真。明人吴承恩的传世名著《西游记》以神魔的形式对这一佛理进行了形象化的阐释和演绎。

"刚擒住了几个妖，又降住了几个魔，魑魅魍魉咋它就这么多？"徒步去西天取《法》《论》《经》三藏真经之事之所以"前无古人"，是因为其难度和惊险度远超想象。然而就是这样一件看似无法实现的事情却被肉体凡胎的唐僧给做成了，个中原因值得世人深思。不过，稍稍翻阅经典就不难得出一条结论——唐僧的装备实在太过强大了。

首先来看如来佛祖给唐僧的装备配置。一领锦襕袈裟，可以让他免遭堕入六道轮回之苦；一根九环锡杖，可以让它免除恶人毒害之忧。有了这两件佛家至宝在身，唐僧还未出发就已经超过一般意义上的僧人。

除了佛祖的袈裟和锡杖，唐太宗给唐僧的装备配置也是不可或缺的。一个紫金钵盂，供路上化斋时用；一本加盖了通行宝印的取经文牒，堪比出国护照；还有一匹健壮的白马来作代步的工具。当然，后来这匹白马又换成了一匹龙马，那是观音在玉帝面前专为取经人作脚力而讨来的坐骑，即西海龙王的三太子，规格真是不低。

若论唐僧装备的最大免费"供应商"还真是这位家住南海普陀山落伽崖潮音洞的观世音菩萨。除小白龙外，孙悟空、猪八戒和沙僧都是

观音精心给唐僧挑选的"取经装备"。大徒弟是玉帝册封的齐天大圣，精通七十二般变化，一个筋斗云就是十万八千里，手中的如意金箍棒重一万三千五百斤；二徒弟曾是总管天河八万水兵的元帅，手执太上老君八卦炉里炼成的神兵——九齿钉耙；最不济的三徒弟也是昔日的卷帘大将下凡尘。此外，还有观音差来隐身于空中、轮流值日的四值功曹、五方揭谛、六丁六甲和十八位护教伽蓝。

因此，唐僧四人拜佛求经的说法是不够准确的，一路相随的除三兄弟外，还有小白龙以及暗中保护的护法神。而且，唐僧取经的"人力装备"还不限于此，还有一道走来无处不有的土地和山神，如有需求随时可由孙大圣唤来；还有或被请来或不请自来的天神地仙、四海龙王、西天罗汉，就连观音、玉帝甚至佛祖在必要时也要施以援手以便为取经人攻坚克难提供助力。

细细算来，或明或暗，或近或远，唐僧的取经阵容不可谓不华丽不浩大，而在西天取经的大旗号下供其所用的"人力装备"从理论上说几乎延及整个佛、仙、神三家，堪称取之不尽用之不竭。然而，这些还不是唐僧最强大的装备。

唐僧最强大的装备是什么呢？启程之前，唐僧曾在唐王面前发下弘愿："我这一去，定要捐躯努力，直至西天。如不到西天，不得真经，即死也不敢回国，永堕沉沦地狱。"那一刻，唐僧心中有了誓取真经的坚定信念，有了最强大的取经装备。

是的，信念是唐僧最强大的装备。坚定不移的信念不仅让他一路执着拒绝诱惑，九死不悔百折不回，而且还让他在取经过程中得以把巨量的身外装备转化成可供自己西行闯关的资源，于是踏平坎坷成大道，于是走罢艰险又出发，最终到达西天修成正果并被加升为旃檀功德佛。

唐僧的故事启示我们，当你为了炽热梦想而义无反顾之时，满天神佛也会助你开路！

疼痛的意义

　　小时候，读童话作家林颂英的文章《小壁虎借尾巴》，在庆幸小壁虎"蛇口脱险"的同时，也在担心着另外一件事情——尾巴断开之时的小壁虎是否会感到疼痛呢？

　　后来，从生物老师那里得知，一些生物的身体有着一种奇特的本事——再生。比如螃蟹折断后的伤腿可以再次长出，蝾螈的四肢在残损之后也能重新出现。

　　相较于丢尾和断腿，海星和海参则做得更"绝"。前者被碎成数块抛入海中之后，每一个碎块都可以重新补足失去的部位；后者被横向环切成数段之后也可以重新长成新的完整个体，当然，海参还有把内脏从肛门排出以吸引捕猎者，自己则趁机逃走的"绝活"。

　　这些都是一种怎样的疼痛呢？漫游江湖的侠客说道，"砍头也不过是碗大的疤。"当然，这只是一句面对疼痛的豪言壮语，人的再生能力远逊于上述动物。

　　在生命历程中疼痛是难免的，只有担得住疼痛才能具备生存的资格。这句话适用于自然界，也同样适用于人类社会。

　　人生路上，"自残"和"他残"毕竟不多见，但疼痛却是无法完全避开的。世界卫生组织把疼痛分为不痛、轻度痛、中度痛、重度痛和严重痛五个等级，疼痛的级别越高需要越大的忍耐力。

事实上，行走世间，我们经历或即将经历的疼痛更多的不是生理上的疼痛，而是心灵上的疼痛——心痛。

亲人离开自己，心痛；朋友背叛自己，心痛；别人远超自己，心痛；真心换不来实意，心痛；付出得不到回报，心痛……人类的疼痛十分复杂，一如人本身的复杂。

树疤代表着一种木质的坚硬，伤疤则可以昭示出一份意志的坚强。腾格尔在电视剧《康熙王朝》主题曲《人男人》中唱道："大男人不好做，再辛苦也不说，躺下自己把伤口抚摸。"由此可见，疼痛不是怯弱者的"专利"，英雄一世如康熙皇帝的人也会有疼痛的时刻。相较而言，英雄对于疼痛的承受能力是强过一般人的，这就是英雄让人崇敬和仰望的一个重要原因。

泰拳比赛，讲究攻防结合，拳肘膝腿出击有力，格挡躲避防御有效。然而，再有力的出击和再有效的防御也无法完全避免被对方打在身上。承受疼痛并提升自身的抗击打能力是所有泰拳手的一门必修课。

生活的舞台上，我们也是一个泰拳手，而且，我们不仅要能承受来自对手击打的身体之痛，还要学会消融有时汹涌如海啸般的心灵之痛。

疼痛可以让人保持冷静清醒，疼痛可以激发斗志豪情，疼痛可以催人走向成熟，疼痛可以强化肌纤维可以撑大一个人的心胸，藐视疼痛笑傲人生，从而把懦夫锻造成勇士，把"牛犊"催化成"猛牛"！也许，这些正是疼痛的存在应该具有的意义。

沿着优秀的轨迹奔跑

当一种行为在高频率地重复N次之后，就会逐渐进入自觉化的轨道并升格成一种习惯；而当一种习惯一旦培养成功，它就会反过来去循环支配形成它的那一种行为，让人只顾着昨天这样做，今天还这样做，明天照常是这样做，而忘记或者有意回避去思考为什么要这样做。

励志电视剧《我是特种兵》第一部中就有一个被习惯所强势"挟持"的人物——小庄。小庄因为打了新兵连的班长成为全团第一个有此"壮举"的新兵而被关了禁闭。他和大家一样认定团里的处分下来之后，他恐怕就要与绿色军营永远地说再见了，然而，在十余日的禁闭期间，那些高强度的训练小庄仍是照做不辍。

"我说你这每天做两千个俯卧撑，不累吗？""你说你这兵都不当了，做这个干什么？"面对执勤人员的疑惑，小庄随口就给出了答案——"习惯了，不做难受"。

好一个"不做难受"！原来习惯"挟持"的不只是外在的行为，还有内里的心情。如若不按照习惯的"意志"去行事，人就会空虚，就会落寞，就会生出一种茫然若有所失的难受感，这种感觉会惹得人浑身都不自在。

于我而言，《我是特种兵》中的这个细节并无虚假之感，因为我有一

位曾经当过侦察兵排长的同学，他就是最好的证明。退伍之后，自称是老兵，人退心不退的这位可敬的同学坚持每日清早5公里越野，周六周日还要进行负重越野，如果因有事没有锻炼，他也一定要用一天当中的其他时段补上，即使天气状况不允许也要在跑步机上跑完规定的里程。与之相应的是，他的身体素质一直保持着很棒的水平，从未听说过他什么时候得病了。

我的另外一位学建筑专业的同学也可以粗略地归入此类。他是一个诗歌背诵达人，自上入学的那一日起就下定决心并渐渐养成了一个雷打不改的习惯——每日背诵一首诗歌。从《诗经》到汉乐府民歌，从《古诗十九首》到魏晋南北朝诗歌，从唐诗到宋词，从元曲到明清诗歌，从近代诗歌到现代诗歌乃至裴多菲、叶赛宁等外籍诗人的诗歌都有涉猎。他丰富的诗歌库存为他的建筑设计提供了诗化的思维，这俨然已经成了他的一个重要的工作竞争优势。

亚里士多德说过一句很经典的话："我们每一个人都是由自己一再重复的行为所铸造的，因此优秀不是一种行为，而是一种习惯。"趁着青春正年少，趁着可塑性尚佳，赶紧用优秀的行为铸造出一个个优秀的习惯吧！让优秀的习惯相伴，就是沿着优秀的轨迹奔跑，而一旦这些优秀的习惯养成，你的性格、你的命运乃至你的整个人生都将会因此而进入升级版和再升级版的良性动态模式之中。

一本书的神奇力量

　　我本不是一个学习特别勤奋的学生，上初中一年级时就患上了严重的作业上交拖延症。我曾经N次被老师放学后留校补写作业，并受到了老师（N-1）次的批评教育，所以那唯一一次没被训斥的情景至今记忆犹新。

　　那一次，放学铃声响过，同学们背着书包欢欢喜喜地走出教室走向校门，唱着自编的《放学歌》向着家的方向赶去。我们几个交作业欠积极的"惯犯"则被毫无悬念地留了下来，在后面两盏有些昏暗的白炽灯照耀下补写着当日清早就应该上交的作业。语文老师摇着头无奈地走进教室，在我的身边停了片刻，然后拍了拍我的肩膀，接着用右手的食指向教室门口指了指，示意让我出去一下。

　　我整个身子立刻从座位上弹起来，不过并没有马上迈步，心中暗暗思忖：莫非这一次老师又要对我进行"特别关照"了？见我的脸上现出疑虑的表情，老师的脸上挤出一丝有些诡异的微笑，示意我不必担心，不会"凶多吉少"的。深吸了一口气之后，我才移步走出了教室。

　　站在走廊里的我低着头，等待老师"狂风暴雨"般的谆谆教导。没想到的是，老师又是神秘地一笑，一本没有封皮的课外书已经神奇地出现在她的手中。

　　"阿云同学，送你一本故事书吧，回家好好看看。"

"谢谢老师！"

我用有些发颤的双手接过老师的书，心中忐忑的潮水刚刚退去，只听老师又补了一句，"知道你记忆力强，这样吧，每天背诵一个故事，第二天背给我听"。

事发突然，我张开嘴还未做出任何反应，老师就又拍了拍我的肩膀让我重回教室……

回家吃过晚饭，临睡前才想起老师交代的事情还未完成，于是打开书包拿出书来翻开第一页，"孙敬悬梁"四个人字赫然在目。故事讲的是东汉一个叫孙敬的年轻人，他经常读书到深夜，为了避免瞌睡影响学习，突发奇想找来一根绳子，绳子一头系在房梁上，一头系在自己的头发上，如此一来只要头一垂，绳子就会牵动头发扯痛头皮让人重回清醒的状态。

故事不长，10分钟后，我已经背得准确无误。合上书，抬起头，无意中眼神扫描到窗台上放着的一根细绳，于是拿来在自己头发上绑去。怎奈留的是板寸，绳子怎么也绑不住头发，几番尝试失败之后不禁哑然失笑。没想到这一笑竟然冲走了所有的睡意，反正闲着也是闲着，于是乎拿出当天的作业做了起来。

第二天，在同学们万分诧异的目光注视下，我破天荒地在上午预备铃前上交了昨天课堂上老师布置的作业。得知这一"重磅新闻"之后颇有"成就感"的老师对我竖起了大拇指，并在我于课堂上熟练背诵了故事《孙敬悬梁》之后对我"横加"赞赏，当真是"一则故事，改变一天"！

那一天下午放学后，我和自己往日里的"拖延症盟友们"挥手作别。那本故事书在我家的写字台上放着，接下来的背诵任务是第二则故事——《苏秦刺股》。

那一晚也给我留下了清晰的印象。也许是不太适应这种挑灯夜读式的节奏，正在写字台前写作业的我冷不防一个哈欠来袭，就在我打算像过去那样钻入温暖的被窝睡觉的同时，脑海中一个火花闪过，自己如中邪般竟不由自主地站起身来到父亲摩托车后备工具箱旁。从工具箱里面取出一个

锥子，然后回到座位，咬咬牙，闭上眼，狠狠地向着自己的右腿刺去。一阵钻心的痛感让我登时跌倒在地，头上竟然也撞击了一下。缓缓起身察看腿部被击中处，还好没有刺出血来。此时此刻，心中不禁佩服起苏秦来，人家在晚间读《阴符》一书时可是血流到脚跟都不怕的呀！

虽然烈度远远不及苏老前辈，但经过这一刺激已是睡意全无，闲着无聊只好以写作业的方式来填补空虚，所以在第二日作业依然是照交不误。见效果不错，老师趁热打铁又给我留了第三个背诵任务——《车胤囊萤》，第四个任务——《孙康映雪》，第五个任务——《江泌借月》……

榜样的力量当真是无穷无尽的，潜意识中以勤学先贤为榜样的我弄假成真，于不知不觉中治好了自己的"交作业拖延症"，而班里其他"患者"也以我为榜样，一时间各科作业都能按时足额上交，班风学风为之一新，这可乐坏了各位恩师。谁说好事不出门，这不，其他班级的老师纷纷打听其中的奥妙，就连校长都耳闻了此事，还在大会上高调表扬了我们。

转眼间一周过去了，空闲时间就拿出故事书来提前背诵的我思想境界竟然在迅猛提升中。有一次回家的路上，我想起了当天数学老师给我们讲的排除法，心想何不就用这种方法选一个故事主人公来一个百分百的效仿呢？

自己的头发还不够长，悬梁法被排除了；我天生怕疼，记得学校打防疫针时唯有我惊出了一身汗，刺股法被排除；自己虽然是捕虫能手，捉几十只蟋蟀、蚂蚱等小虫不在话下，可是它们又不会发光，而萤火虫从未在家乡飞舞过，囊萤也被排除；另外月光下过于黯淡，而秋天又不下雪，借月、映雪也被排除在外。

思来想去，还是匡衡的凿壁借光这一方案比较靠谱，具备一定的现实可行性。当时我家的房子东面临着大街，看来只能在西墙凿洞了。幸运的是，我的卧室就在最西面，方便下手。

到家时爸妈还未下班，正是启动"开工项目"的吉日。首先要选好开凿的位置，必须足够隐蔽，不能被爸妈发现，否则就"中道崩殂"了。

　　说干就干，我找来锤子和锥子，轻轻揭开一幅年画，在下面放一个塑料袋来接住敲击下来的砖土。那时乡间的房子墙壁多是涂上一层泥，中间是土坯，外面包裹着一层砖，从理论上来说凿开一个洞通往邻家是完全有可能的。

　　在很轻易地把干泥层去掉之后，我看了看墙上的钟表知道爸妈回家的时间快到了。于是，我赶紧清理现场，把年画重新贴上，把工具放回原处，把敲击下来的东西全部处理掉，不留下一点可能被发现的蛛丝马迹，然后装作一番若无其事的样子迎接爸妈的进门。

　　第二日下午放学后工程继续，这一日土坯让我搞掉了一半。我的激情格外高涨，想到一个神秘的洞穴将在不久之后的某一天出现在邻家阿中的东墙壁上，不仅可以传过光来，还能看到阿中的一举一动，然后把他做的事情说给他听，一定会让他大为惊讶的。呵呵，这是一件多么伟大、多么有创意、多么让人兴奋的事情呀！

　　第三日工程依旧，平安依旧。意外发生在第四日，当我拿起锤子和锥子动作娴熟地才操作了几下，就听得庭院中有脚步声。是邻家阿中的母亲来了，后来如您所猜，"东窗事发"之后，一个无比美妙的计划被迫无限期地搁置。虽然心有不甘，却也只能如此，父亲亲自动手把洞补好，我的"前功"可悲地尽弃。

　　不过也不能说全无收获，此事很快传为胡同里的佳话，都说我身上有古贤遗风，这给我的正面形象着实加分不少。而形象被如此拔高也多少让我有些"骑虎难下"，"名声在外"的我只好硬着头皮将勤奋进行到底，于是一路杀将前去，杀入重点高中，并最终杀入了一所自己心目中的理想大学。当然，我的那些拖延症"病友"也都是在让人刮目相看之后最终学业有成。

　　多少年后蓦然回首，我的人生轨迹竟然是这样不可思议地被一本书的力量改变，如果给这本书重新起个名字，我想是否可以叫它《如来神掌》呢？

读书青树下

多年前的一个晴朗夏日，湛蓝的天空中飘着几片轻羽状的微云。与一位驴友一起登攀一座高耸的野山，仿佛冥冥中注定般，竟遇上了一道终生难忘的风景。

行至半途，疲惫、燥热而又干渴难耐之时忽逢一片松树林，隐约中有潺潺水声从林中传出。我们强提"真气"直奔林间，在一条清且浅的溪水边一番痛饮。

痛饮罢，沿溪行，步行数十步，有琅琅书声入耳，不觉加快了向前的脚步。

但见一个用布条拼成却做工精巧的书包挂在旁逸斜出的松枝上，松枝下面是倚在树旁的两个少年。那是一对姐弟，都着一身素装，都踏一双布鞋，都端坐在一块干净的青色平石之上，正聚精会神地读书，全然未曾察觉到有两个陌生客走近。姐姐的声音刚刚停歇，挂着胳膊作沉思状，弟弟则背诵诗句出声，却是贾岛的那首名篇《寻隐者不遇》："松下问童子，言师采药去。只在此山中，云深不知处。"

我们此番并不为寻找所谓"云深不知处"的隐者而来，却也不妨再现一下"松下问童子"的情节。姐弟俩来自山脚下的一个小村庄，难得的是，虽是星期天却不贪睡，早饭后沿着一条比我们的登山路要走得轻松也

近上许多的捷径来到山腰的松树林中，一学就是半日。

背靠一棵松树，脚下一溪清水，松树下、清水旁的两个"童子"拥书而读，读给青松听，读给溪水听，读给山花山草听，读给山虫山鸟听，当然也在客观事实的层面上读给了我们两个过客听。声音稚嫩而响亮，足以唤起听众对自己童年的点点回忆。

多年之后的今日，这幅带着诗情的"山中松下读书图"依然清晰如昨，恰似自己读书于青树下的情景。

上小学时，也是一个夏天的假日，父母在田间劳作，自己则在地头的一棵白杨树下提笔展纸写着老师布置的作业。作业很快完成，禁不住卖劲歌唱的知了的"蛊惑"，遂爬上了大树。见势不妙的知了抖动翅膀飞身逃到另一棵树上，缓了缓神继续唱歌。而那时的自己则把一个用杨枝做成的"金箍"戴在头上，时而靠在树干上舞动撸掉叶子的一根木棒，时而手搭凉棚远观一望无际的冀中平原，自己俨然就是孙大圣下凡了。待下得树来，作业已经被"不识字"的清风调皮地翻动了一地，如若再迟一步，估计作业就要重新来写了。

上中学时，座位临窗，打开窗户，教学楼外的大树绿枝条就会穿过防盗网伸进教室。有一次，上晚修课，夏雨淅沥不停，我把窗户推开，就这样，外面的风声雨声与知识殿堂上的读书声畅通无阻地汇合并拥抱。一颗颗晶莹的雨珠从翠绿的叶子上滴落，滴在窗台上，落在掌心里。才情充溢的同桌触景生情，挥笔写下"雨中青叶树，灯下黑发人"的诗句，一改唐代"大历十才子"之一司空曙原诗"雨中黄叶树，灯下白头人"的萧瑟秋气。雨打青叶叶更青，叶旁伴有读书人，这是何等意气风发，何等青年志气！

北京故宫博物院馆藏着一幅有着明代"画状元"之美誉的画家吴伟的绢本画——《树下读书图》。图中着意显示的是一位中年文士的隐逸情调，虽然环境看似清幽，人物看似潇洒，却也难掩被纷繁世事浸染的荒意，难掩被无情岁月留下的沧桑印痕，终究是没有了人之青少年时期的那

份纯净。他另外两幅以树下读书为题材的画作《观瀑读书图》和《临流读书图》也同样如此，而且色调也一例地偏黄偏暗，画卷上负载的绝非一种朝气和盛气。

读书一如听雨，同是听雨，少年听雨、壮年听雨和老年听雨就大不相同。阶段不同，取向不同，况味不同，心思不同，而移情于物之后，雨声自然也就显得不同了。这一点有南宋词人蒋捷的一首《虞美人》为证。

或悠然，或纯真，或激扬，读书青树下的年少学子总是一幅值得深深怀恋的图景！

储水蛙的慢与快

辛普森沙漠位于澳大利亚中部，这里环境恶劣，红色沙丘遍布，其中最著名的Nappanerica沙丘有40米之高。一年中下雨的日子屈指可数，平均年降水量不足200毫米，极度的干旱是地表的常态。然而，这里也并非生命的禁区，在沙面之下就生活着一种很是奇特的生物——储水蛙，它们在相对凉爽的沙中度过漫长的沙漠干旱期。

储水蛙属圆蛙科，头部宽平，腹部白色，头部背部及四肢为暗灰色或深褐色，看上去与寻常青蛙差别无几，但它的后肢强大有力，铲土挖洞的能力不可小视，挖掘数个小时之后就能够制造出一个1米左右的深洞。

进洞前的储水蛙身体内部已经吸足了水分，其储水量相当于自身体重的二分之一。这些水分有一部分被储备在膀胱内，而更多的则被储备在其皮肤袋中。所谓的皮肤袋是其旧的皮肤脱离身体后形成的一个硬茧一样的外壳，在这层防水茧外壳内包裹着厚厚的一层流动液体，而正是这些水分供储水蛙熬过漫长的旱季。

在沙面以下休眠时，储水蛙通过减少活动的方式来减缓体液的循环，其新陈代谢几乎为零，即进入生物学中所说的"假死状态"。与此同时，储水蛙的肌肉会分泌大量的甘油，这些甘油让它的肌肉组织保持最低限度的活性而避免造成坏死的后果。

　　保持这样的缓慢节奏，储水蛙可以耐心地等待数年之久。由于储水蛙体内水量充盈像一个水球，当地有经验的土著居民常用木棒敲击沙面，以声响来判定其蛰居的洞穴，然后将其挖出，喝掉其防水茧中的水来作解渴用。

　　当辛普森沙漠因极其短暂而显得无比宝贵的雨季来临，储水蛙就会迅速结束"假死节能模式"钻出洞穴来到沙面，它们要抓住这难得的好日子进行繁殖。

　　在水潭或小河中，蛙声响成了一片，雌性青蛙在这里每次可以产下500枚卵。由于地表水分蒸发很快，沙漠中的每一枚受精卵的生存都受到极大的挑战。不过不必为它们担心，储水蛙的成长周期很短。从受精卵到长成蝌蚪，普通青蛙需要约3天的时间，而储水蛙只需要几个小时就能完成；从受精卵到长成幼蛙，普通青蛙需要约两个月的时间，而储水蛙只需要15天就能实现。

　　水源日渐干涸，时间就是生命！小储水蛙们在全力以赴地与时间赛跑，只有那些抓住机遇迅速长大并长出强壮四肢的储水蛙才有可能赶在很快就又到来的旱季之前，像它们的前辈们那样，吸足水分躲到沙面之下以极慢的生理节奏来延续自己的生命。

　　机遇逝去，在无声中以超常的毅力慢慢等待；机遇到来，在良机中以惊人的速度迅猛发展。精通生活慢快之道、擅长节奏慢快转化的储水蛙把自己打造成了澳大利亚辛普森沙漠中的生命奇迹。

另一支芦苇

　　高中时代最让我"念念不忘"的是一位自称阿超的同学。阿超不是他的真名，但他喜欢别人叫他阿超，所以大家就这样习惯性地称呼他，以致有时候竟忘记了他的原名。

　　阿超来自一个偏远山村，母亲早逝，父亲患有腰腿病，另有一个妹妹还在读小学，处境不可谓不艰难，然而从未见到生活的愁云惨雾在他脸上凝滞过。

　　尽管每年都领着贫困生补助和奖学金，但他从不乱花一分钱。用餐时间，他常常离开饭桌前吃高档餐的同学，独自一人回教室。左手拿着馒头，右手夹着从家中带来的咸菜，旁边还放着一碗热水，这就是他的"常规配餐"，而正中间则是一本敞开的教科书。一边吃饭，一边看书，吃得津津有味，看得也同样"津津有味"。

　　晚上宿舍熄灯后，他总会以棉被抑或其他物件作掩体，拿着手电筒再学习一段时间。伴着大家的聊天浅语和随后偶尔兴起的鼾声温习当日的功课，不分寒暑。

　　他说他要学张小凡，做一个不平凡的人。后来，我从一期《中国青年》中得知，张小凡是萧鼎成名作《诛仙》中的主人公。张小凡来自一个普通山村，父母都是平凡的村民，而且还无辜地丧命于一场杀戮中。张小

凡被带上了人才济济的青云山，资质不佳的他备受冷落，但其心志极坚，白天砍竹修炼道家功夫，晚上偷偷修习佛家功法，终于成为第一个身兼道佛两家真法的人，最终以一柄诛仙剑拯救了世界，登上了辉煌的顶峰。

现实版的张小凡——我的同学阿超无疑也是凭着这种坚忍不拔的精神登上自己的高峰。阿超从高一入学时的全班第四十五名一路冲杀，最终高考冲到了第三名，以626分的成绩被首都的一所大学录取。

帕斯卡尔说过，"人是一支会思考的芦苇"；哲人周国平说过，"人这支脆弱的芦苇是需要把另一支芦苇想象成自己的根的"。阿超找到了"另一支芦苇"——张小凡作为自己的信念之根，于是坚忍的力量输送到他的身上，让他长成了一支伟岸临风的芦苇。而我，受到阿超的感召，隐约中也找到了一条可以带来正能量的根须，这让我的高中时代不至于太过迷茫和颓废。

无独有偶，在大学时代我也遇上了一位像阿超一样找到了想象中的"另一支芦苇"的同学。

他叫李昊，一米八五的高挑个头，是学校篮球队最著名的球员。李昊善防守，有冲劲，最重要的是敢拼命不怕疼。曾有一次，在激烈的对抗中被对方击中鼻部，尽管鲜血不时地从鼻腔中流出，但他就是坚持不退场，作风依旧强悍，进球效率不减。他的这种坚毅精神极大地鼓舞了队友们的斗志，大家齐力打拼，最终以大比分赢得整场比赛的胜利。于是，李昊一战成名。

事实上，李昊在运动场上还曾碰掉门牙一颗，胳膊和腿部骨折N次，但从未见他喊疼喊痛，出身于一个富商家庭的他居然没有半分娇贵之气。

现在想来，常放于他枕下、被其视为至宝的那本刺血所写的小说《狼群》中应该有"另一支被他想象成自己的根的芦苇"——刑天。作为佣兵的刑天几乎每一次出任务都是九死一生、伤痕累累，但他就是从不流泪从不畏缩。

就这样，得益于一种硬汉品质的滋养，李昊一改过去奶油小生的形象，一个华丽转身让他转成了一名硬汉。

人是一支芦苇，在一路成长的过程中，最紧要的一件事就是找到另一支为自己提供持续不断的精神能量的芦苇。这一支芦苇可能在现实世界，也可能在历史时空甚至从来未曾真正存在过，但这并不妨碍你以此为根，通过持续地汲取，然后释放一身的光华，挺出一身的繁茂。

沙漠勇士食蝗鼠

神色慌张，行踪诡秘，在隐蔽的洞口处作探头探脑状的鼠类向来被视作胆怯之物，于是有了"胆小如鼠""首鼠两端"和"抱头鼠窜"等成语的出现。然而，英勇善战、决不退缩地把蜈蚣、蝎子等占据体长优势的凶猛"老毒物"视作腹中美餐的食蝗鼠无疑颠覆了人们这一普遍而常规的认识。

食蝗鼠生活在北美洲索诺兰沙漠中。成年食蝗鼠体重40至60克，腹部覆盖着白色的短毛，其余部分则为灰色或浅棕色，耳朵为圆形，四肢短小，爪子呈超萌的粉红色，乍一看与仓鼠有几分相似，让你很难想象其作战时全身爆发出来的惊人实力。

虽然食蝗鼠反应机敏，有很强的反捕获能力，但还是常常昼伏夜出，以避开白天响尾蛇的可怕跟踪以及六七只集群作战的哈里斯鹰的空中打击。夜间的索诺兰沙漠才是食蝗鼠出来活动并表演捕杀绝技的舞台。

与许多杂食性鼠类动物不同，食蝗鼠偏爱肉食，而且只捕活物拒吃腐尸。食蝗鼠肌肉强健有力，适合发动猛攻，长爪子适合按住猎物，而尖利的牙齿则能够把猎物快速撕裂。相较于近身袭击蝗虫和蟋蟀的轻松，食蝗鼠若是与蜈蚣、蝎子等大凶之物狭路相逢时，整场战斗要打得激烈得多。

剧毒大蜈蚣长着一个假头以迷惑对方，但头上翘起的螯刺就是两根

注射毒液的大毒针。面对这让人不寒而栗的"双头怪"，食蝗鼠毫不犹豫看准时机杀将过去，几番利索的腾跃和闪电式攻击之后就可以将大蜈蚣制服。整个过程食蝗鼠不时遭到螯刺袭击而尖叫连连，打斗场面惊心动魄。

食蝗鼠大战黑蝎子时的场面同样异常精彩。黑蝎子号称世界上毒性最强的毒蝎之一，人类若是被其螯咬会有生命之忧。但食蝗鼠自有应对之策，只见它一个漂亮的腾挪跳到黑蝎子尾部毒刺的正后方（这里是黑蝎子的进攻盲区），然后对黑蝎子的尾部一阵猛烈撕咬，很快就能将对方的利器撕碎。失去"法宝"的黑蝎子瞬间陷入被动的局面，食蝗鼠则越战越勇，以迅雷之势准确打击黑蝎子的头部并将其头部咬下，然后就可以把猎物拖回洞穴喂养小鼠了。当然，在战斗时被黑蝎子的毒刺击中也是常有之事，但身体对蝎毒具有免疫力的食蝗鼠却并不会因此而放慢进攻的节奏，直到取得最后的胜利。

值得一提的是，我们的食蝗鼠的叫声也并非一般鼠类发出的吱吱声，而是如狼嚎般远传扩散型的声音。食蝗鼠常在地上立直身子对着月亮仰头而叫，颇有几分强者风范。

五月天在歌曲《倔强》中唱道："我不怕千万人阻挡，只怕自己投降。"是的，真正能够阻挡自己的只有自己。正所谓"狭路相逢勇者胜"，只有自己勇于战斗，才有可能坚持到底赢得战斗。就这样，靠着这种无畏的战斗精神，小小的食蝗鼠在漆黑之夜大秀擒拿神技并主演了一个又一个惊险的动作短片，跻身于索诺兰沙漠明星勇士之列。

匍匐前进的鱼

在印度尼西亚北苏拉威西岛和蓝碧岛之间有一条长约15千米、宽约2千米的海峡，其名曰蓝碧海峡。蓝碧海峡为火山岩地形，海底多为火山泥成分的山地，在此生活着十分丰富的生物物种，其中一些物种为此海域所独有，比如一种生来就不会游泳的鱼——蓝碧绒鲉。

蓝碧绒鲉俗称老虎鱼，是一种名副其实的"奇葩鱼"。

蓝碧绒鲉的奇葩之处首先在于，它虽然长有鱼的外部形状和结构，但体表却没有覆盖着寻常鱼类那种鲜亮的鳞片，而是长有许多密集的骨粒状小突起，样子看起来很是怪异。

蓝碧绒鲉更为"奇葩"之处在于，它和鲨鱼一样，体内都没有通过改变体积大小来改变鱼体自身平均密度进而调节上浮或下沉深度的鱼鳔。不过，鲨鱼长有发达的肌肉，能够以灵活的身体运动并配合尾鳍像船橹那般向前推进，而且鲨鱼的肝脏内储藏有低密度油状液体——鲨烯，此种油状液体也可以在一定程度上起到替代鱼鳔的浮沉作用，只是这些都是蓝碧绒鲉所不具备的。

于是，我们看到了世界上最"奇葩"的鱼的最"奇葩"之处——蓝碧绒鲉只能在海底砂层上借助鱼鳍的力量一路摇晃不定地匍匐前行，成了真正意义上不会游水、更与"海阔凭鱼跃"之畅游境界无缘的鱼，严重偏离了我们对"得水之鱼"的常规认识。

需要说明的是，虽然蓝碧绒鱿并不具备自由游动的能力，但它长有一张大嘴，当有浮游生物从它眼前经过时，它会不失时机地张开嘴巴，瞬间在嘴内就形成了一个低压区，那些小生物自然会顺着水流被"邀请"到它的腹中。

没有鱼鳞没关系，没有鱼鳔又何妨，不会游泳同样也不算是什么大不了的事情！蓝碧绒鱿用自己的"奇葩"表现和生存哲学启示我们：只要不抛弃生活的信念，只要不放弃前进的努力，哪怕只是一路艰难地匍匐而行，也一定能匍匐出一片属于自己的天地！

不会在空中飞翔的鸟可以停留在地上，不会在水中游泳的鱼（如蓝碧绒鱿）却只能匍匐在海洋。世间没有真正的绝路，只有心灵的绝境，只要获得如蓝碧绒鱿这种在逆境中乐观坚持的精神，就没有什么无法面对的困境。

时间是一支永动箭

时间是一支射向未来的箭。

与寻常之箭截然不同，这是一支永不减速、永不停息的"永动箭"。从比洪荒还要洪荒的年代射出，这支箭以其无比坚定的信念延伸向前，逐渐催生出万物，又最终把万物改变。

"人生天地之间，若白驹之过隙，忽然而已"，就这样"寄蜉蝣于天地"，于是"哀吾生之须臾"……无限长的时间足以让人生出强烈的自卑感和深度的无力感。

从世俗的眼光来看，古代帝王似乎是人世间地位巅峰之所在和最多荣华之所在，然而拥有地位和荣华之人间最大值的皇帝们满足了吗？他们并没有彻底地满足，因为相较于地位和荣华，他们还有更为终极的目标——追求长寿甚至长生。说到底，时间才是全人类最终极的奢望，所以帝王让臣民呼其万岁乃至万万岁。只是这也仅仅只能算是一种奢望，别谈万寿无疆或者"向天再借五百年"，就连长命百岁也不是一件易得之事，中国的清帝乾隆享年八十八岁已经是最长寿的皇帝，而翻开史册，短命皇帝可谓不胜枚举。想来还是魏武帝曹操说得好，"养怡之福，可得永年"，保持身心的和乐，以尽可能地延长生命的里程，这也就是人类面对时间的最好姿态了吧。

其实，我们关注时间，大部分是由于我们在惴惴地设想和揣摩着自己的生命线段在时间射线上的那个未知的端点。周国平说，"死是哲学、宗教和艺术的共同背景。在死的阴郁的背景下，哲学思索人生，宗教超脱人生，艺术眷恋人生。"其实，于平常人而言也可以如是。面对点点滴滴凝聚又滴滴点点蒸发的时间之湖，你是一位思索者、超脱者还是眷恋者？

流光容易把人抛，当时光流逝得过快时会是一番怎样的情景呢？

东晋干宝《搜神记》以及陶潜的《搜神后记》中都记载辽东鹤的故事。那一位名叫丁令威的人，在灵虚山上学道有成返回辽东，化作一只仙鹤停在故乡城门的华表柱上，却遭到一位少年引弓射箭的袭扰。这只仙鹤徘徊空中，嘴中吟出的是让人感慨万千的话语——"有鸟有鸟丁令威，去家千岁今来归。城郭如故人民非，何不学仙冢累累。"

南朝任昉的《述异记》中有一则更为人知的烂柯人的故事。晋代一位名叫王质的樵夫一日去石室山伐木，看到山中几个童子一边下棋一边唱歌。王质为眼前场景所吸引于是信步走了过去，一位童子随手递给了他一枚如枣核般大小的山果，王质则把果子含入嘴中。始料未及的是，不知不觉中光阴迅猛流走，仿佛只是在须臾之间木质斧柄就已经烂掉。也许是那位仙童动了恻隐之心，不忍心看到下完棋后身边出现一具白骨才送给王质那枚"长生果"的吧。可是，王质下山归去，家乡早无当年人！

辽东鹤与烂柯人的故事当然不会真的在现实世界里出现，但这种沧桑的感触却一再地在人们心头浮现。当羁旅日久而回到家乡却发现更多的是陌生面孔的时候，这种感触让人难以释怀。近乡情更怯！

还记得贺知章的《回乡偶书》吗？"少小离家老大回，乡音无改鬓毛衰。儿童相见不相识，笑问客从何处来。"三十七岁高中进士离开家乡，八十六岁才辞官还乡，四十九年的光阴改变了自己的容颜，也改变了家乡的模样。辞官告老还乡去，旧主更像新来客！

还记得《古诗十九首》里那位暮年回家的老兵吗？"十五从军征，

八十始得归。道逢乡里人，闻君有阿谁？"时光荏苒六十五载，不见众多亲人，只有坟茔座座，还有野兔在院中狗洞中穿梭，野鸡在屋梁上乱飞，野生的谷子和葵菜长在中庭与井旁……每次读之都让人潜然泪下，人同此心，心同此理，说到底我们都是被时间之箭射伤的人。

对时间的伤感能带来情感的释放，但这种释放不可长久，《古诗十九首》中同样也有让人"且行且珍惜"的诗句，比如"昼短苦夜长，何不秉烛游"，又比如"斗酒相娱乐，聊厚不为薄"。

面对急急流年，滔滔逝水，除了采取融入的姿态之外，还可以存一种笑傲的心态。关汉卿说，"世情推物理，人生贵适意"，"展放愁眉，休争闲气，今日容颜，老于昨日"，"受用了一朝，一朝便宜"！

适意就好！受用就好！

有一位天生达观者，见其说道，"什么你的我的，都是大自然的。"是呀，大自然是时间的真实载体，二者合而为一，是真正的唯一的胜出者。又见其说道，"我们人类也是大自然的一部分，当然也就顺理成章地具备了胜利者的身份。"

持此观点者必是具有绝世超迈和豁达之人，有生有灭等同于无生无灭，这是一种顶级的生命观。我敬仰这位与宗教无关的超脱者，时间之箭一路破空锐啸入耳，他却选择了极具乐观品质和辩证色彩的唯物主义。于是，起点变成了另一个终点，终点也变成了一个新的起点，从而变得与时间等长。

其实，无论是哪种思想与学说，我们要做的都是一件共同的事情，即尽可能地跟上时间的步伐，并尽可能地避免在沿途被这支永动箭的锋芒吓倒和擦伤。

高原鼠兔的觅食"排序题"

外形如兔，习性如鼠，尾巴退化，擅长鸣叫，又名鸣声鼠，藏语称其"阿不扎"，它就是生活在青藏高原的高原鼠兔。

高原鼠兔是一种终生吃草的"素食主义者"，垂穗披碱草等禾本科植物以及蓝花棘豆等豆科草本植物是其喜爱的美食。

刚刚出生的小鼠兔体重仅有八九克，但到其降世第10天后就可以在吮吸母鼠兔的乳汁之外加餐一些鲜嫩的苜蓿了。待到第16天，美味的"青草蛋糕"已经成了它的主食。而等到第20天时，鼠兔的妈妈就会给它断奶了，此时其体重已达60克甚至更多，完全可以依靠父母传授的觅食技巧来分辨草原上每一株小草了。出生一个月后，小鼠兔开始了自己真正意义上的独立觅食之路。

草地平阔，藏身处少，作为食物链中的初级消费者，鼠兔面临着重重威胁。鼠兔的天敌不仅有香鼬、藏狐、野狼、棕熊等陆地凶兽，还有苍鹰、猎隼、猫头鹰、草原雕等空中猛禽，尤其是在食物短缺的冬季，这些天敌会表现得异常凶悍难缠。为此，高原鼠兔除了采用直立吃食的方式以便随时逃跑外，在觅食顺序上也颇有一番极具现实可行性的安排。

为了减少遭遇袭击的危险，高原鼠兔在选择栖居之地时会优先考虑放过牧的草场，而不是选择草长叶高、植物丰茂的地带。前者视野开阔，有

利于观察敌情；后者虽然食物丰美，却有着由于视线被遮挡而无法有效扫描发动偷袭的猎手之弊端。

为了降低葬身敌腹的可能，除怀孕的雌鼠兔因需要较多的食物而在一些时候不得不到离洞穴较远的地方觅食外，一般都优先选择家门口附近的青草，以核心洞穴为圆心，其活动半径仅为20米左右，特别是一些年幼的鼠兔，觅食半径要更小一些。

为了缩短外出觅食的时间，高原鼠兔一般会把活动半径内密度较大的那一种草作为食物，即使有更加美味的草在不远处也常常"不理不睬"，这样无疑大大提升了觅食效率。

为了避免暴露自己的窘况，高原鼠兔宁愿去一些草量较少、草质较差但有安全保障的地方觅食，即使肚子无法填饱也不轻易去那些危险指数颇高的水草肥美之处大快朵颐。

尤其是在冬季到来前储备食物的初期阶段，高原鼠兔对食物的选择表现出更加明显的顺序性。高原鼠兔首先会咬断直立型青草，这些草不仅方便收割和运输、单位时间内收获量大，而且在这些高度适中的草里开展"工作"还具有一定的隐蔽性。在此期间，只有当活动范围内直立型的草数量不足时，高原鼠兔才会选择较为低矮的青草。这些带入洞穴的草大部分会被食用，也有一小部分被用作暖身的"草垫"来抵御酷寒。

不图安逸，不要任性，抵制诱惑，拒绝贪婪，井然有序，生存之安全在高原鼠兔的心中永远排在第一位。在群敌环伺、危机四伏的环境中生存之不易让人慨叹，而高原鼠兔在如此严酷环境之中理性面对、严谨作答的觅食"排序题"更是让人折服。

一个人的山顶

　　一座雄壮的大山，一个平阔的山顶，一片茂密的植被，一排整齐的石屋，一位矍铄的老者……我的关于太行的记忆和怀念就栖居在这一个个的"一"里面。

　　难忘那座大山。大山平行铺展在山村的东面，像极了拉开了的屏幕或展开了的扇面。起初，我称它为屏幕山，而与我同游的伙伴则称其为扇面山，直到后来从村民口中得知此山的真名——东寨山。据说曾经有一个生产小队在山顶建房驻扎，所以才有此名的诞生。

　　难忘那个山顶。那是一个可以肆意奔行的山顶，奔行于面积二百余亩的广阔空间会让你一时间觉得好像置身于茫茫的平地草原，竟然忘记自己身在一千多米的高山之上，唯有望到远山，望到断崖，望到山下的梯田和村落才能确定自己身处山之顶峰，才能确定脚下所踩的正是一个似乎传说中才会有的世外桃源。

　　深秋时节的山顶，一片吐着白花的芦苇显得格外妩媚招摇，但占地更广的是更大的一片一米来高的已显枯态的野草。那日中午，带着热度的艳阳把我们驱赶到一棵高大的翠柳树旁。一向以攀爬技艺著称的伙伴爬上柳树，掷下两个用柳条编织的帽子。后来，我们就戴着柳条帽身形随意地在柳树荫下的草丛里小睡，还做了一个轻盈如羽的好梦。

"棠梨叶落胭脂色。"有别于柳叶的青翠依旧，棠梨的叶子虽然未落，却已染上了一身胭脂红。一棵棵棠梨稀稀疏疏地挺立在山顶的原野上，像一团团正在燃烧的篝火，而一簇簇的果实就在这一团团火中无声地悬挂着。一棵不知名的落光了叶子的小树枝头，结着一个非常规则的半圆形鸟巢。鸟去巢空，那一窝曾经稚嫩的小鸟连同它们的父母都飞到哪里去了？它们没有飞到哪里去，你看不远处就有几只灰色的小家伙唱着婉转的曲子飞上了蓝天与白云戏耍。举目远望，西北面的危崖上一棵松树旁有一个鹰的巢穴，几头鹰在那里扑打翅膀起起降降。

山顶上更多的草木则是人工种植的——枣树林、梨树林、核桃树林以及还未被完全收割的谷子。那一字排开的八九间石屋就离谷子地不远，掩映在梨树林中，一例是木格的窗和带着木格的门。我和一觉醒来的同伴带着一脸的兴奋去拜访石屋的主人，却稍觉遗憾地发现，只有最西面的那两间房子是住人的，其他几间空空如也。石屋的屋顶呈拱形，正屋左侧开了一个可容一人进出的洞，里面是一张暖炕，一位60余岁的老人刚刚从炕上起来。

笑脸相迎。主人拿出了一些枣子和梨子待客，我们则把随身携带的一些糕点留下。相谈甚欢，合影留念。走出石屋，在一个水瓮中用瓢舀水把杯子灌满，那水清澈见底，实在无法想象竟是来自天上的无根之水。

休息片刻，主人打声招呼上了房顶，去侍弄那铺在上面的一片谷穗。谷穗的中间已经有一个黄澄澄的谷堆，我与同伴就坐在高高的谷堆旁边，看老人驾驶手扶拖拉机拖动后面的石磙来把谷穗轧。老人驾驶的动作娴熟而专业，是我们远远不能及的，就这样，小小的房顶此刻却是一个名副其实的打谷场，如非亲眼所见实在难以置信。

老人说，的确曾经有一个小队在山上久住，但人们早已下山去了，或回村庄，或出村庄去了远方的城市，近年来在山顶上坚守的只有他一人。哦，那么那满山顶的深秋乃至其他时节的果实当然也是他一个人的了。

　　听着老人的话，我仿佛看到了春天的山顶，五颜六色的野花开，一身洁白的梨花开，属于小微型却香气浓郁的枣花开，还有无数嬉闹的蜂蝶和鸟雀，面对这盎然的春意，老人是否会想起自己同样有过的烂漫的青春韶光？我仿佛看到了夏天的山顶，一团团乌云从某个方向压过来，挟着闪电，带着雷鸣，还有紧随而至的倾盆大雨，这样的夜晚，独居山顶的老人是否会因心生惊惧而辗转难眠？我仿佛看到了冬天的山顶，皑皑白雪覆盖了村庄，覆盖了远山，也覆盖了这整片的山顶，掩紧房门把风雪拒之门外，打开房门来看旭日升起，踩着雪层四处游憩，老人的心中是否会生出一丝孤独与寂寥？而一年四季的每一个黄昏，当"景翳翳以将入"之时，老人是否也会"抚孤松而盘桓"？

　　我不知道，我只是在一个深秋的日子登临此山，并仅作了五个多小时的逗留，随后就再也不曾去过。我是在山顶一片没于草中的、供我垫头做了一个梦的浅红色石头上，用小石子写过自己的名字的，我同样不知道，那一块曾经与我亲密接触并吸纳过我的体温的石块上后来是否有鸟停过，有虫爬过，有花开过；我更不知道，这些年的雨水冲刷，那名字是否还在。

　　但我知道，老人比隐居的陶潜纯粹，比行走的李白安详，比参禅的王维沉静，也比"梅妻鹤子"的林逋充实。

　　守护一座山，需要持续的勇气，需要足够的毅力，老者永远让人敬佩，让人仰望！

第二辑
风景与故事

　　人生本是一场自己导演设计和自己主角演出的故事，在这个版权只属于你自己的故事里，你若留心，终会发现，时时都有妙趣，处处皆是风景。

　　所谓的风景不只是指那些光芒四射的大红大紫，还有平凡的感动，还有日常的琐碎，甚至，还有种种的不快。但是你还是要用积极的心态去接受它，去悦纳它，并让它一路开出执着而沁人的花朵，温馨你漫长而又短暂的人生路途。

　　人生之路，边走边悟。从今天开始，做一位生活的哲人吧，你会得到一种哲思，一种智慧，一种身为万物之灵长的幸福和幸运！

孔子心和庄子气

时近中秋，一场冷雨下过，天色已近黄昏。

邻居家的老榆树上，数只麻雀正梳理着翅膀下和尾巴上有些潮湿的羽毛，神情悠然而专注，还不时惬意地叽喳几声，像极了庄子眼中和笔下的风景。

天空，随风而动的灰色云层下，几只燕子在空中忙着捕食，再过不了多久，它们就要跋山涉水飞往南方了。用羽翼追求梦想丈量天下，一路奔波劳顿如当年周游列国的孔子。

麻雀与燕子，代表了两种不同的生存状态；庄子与孔子，代表了两种不同的人生哲学。

常常忆起老家的一位精神矍铄的老大爷，算来他今年已经66岁了吧，都在城市上班的儿女曾无数次劝他离开农村一同居住却被他次次一口回绝。他吹的小曲隔着老远就能听见，他喜欢独自一个人漫步在乡间小路上，看看大豆的长势，摸摸高粱的结节，听听蟋蟀的弹奏，望望远处的羊群，满心盛开的都是满足和愉悦。他是一个典型的村庄留守者，正如那群麻雀，只在村庄和村庄附近鸣唱，任寒暑易节、春秋暗换。

只是，自然界中有界限分明的麻雀和燕子，当今社会特别是年轻一代中却很难觅到纯粹的庄周和孔丘。孔子的入世进取激励我们在事业的疆场

上驰骋拼搏，庄子的出世无为却能给欲火过旺的心灵降温，降低飞行的高度，还心态以平和安宁。

有一位朋友，上班时被同事称为"工作狂人"，就连中午在单位吃午饭时与饭友谈论的话题都常是下一步的计划，计划一旦制订就不折不扣地执行。但一回到家就像变了一个人一样，脱掉工作装，换上休闲服，下厨做菜无不精通，侍弄花草无不在行，每逢假日常常开车带上家人流连于山水之间，登东皋以舒啸，临清流而小酌，即使不能远行也要起个早走出家门去广场上打太极或抖空竹，生活被他调剂得有张有弛、有滋有味，人也活得抖擞高效。

怀一颗孔子心，染一身庄子气，在天作飞燕，落枝成麻雀，收放自如，高下皆宜，既如君子般自强坦荡，又似隐士般自在逍遥。如此，日子就能演绎成一门生活化的艺术，一路前行的风景更是值得期待。

每个人都有一片种植园

一个人在童年时期出现的一些行为往往离人类的天性最接近最靠拢，比如玩耍，又比如种植。

我至少在四五岁时就已经爱上了种植。觉得入嘴的一个苹果特别香甜，享用完毕后就把它的种子收藏起来，等待来年满怀憧憬地把种子种在春风春雨里。

除了苹果，我还种过桃、杏、梨以及李子等水果，它们有的因为种得太深而没能冒出地面，有的因为我浇水服务过于殷勤而腐烂在泥土中，但也有发芽生根甚至开枝散叶的，只可惜由于种种状况终是没有一棵树能够长大结果的。父亲每每见到我一脸的失望，总是这样安慰我——即使它们长大了，结的果实也特别小，要想吃到大果子，还需嫁接才行。

记得儿时的我还曾经秘密地把一些橘瓣中的籽粒植入土中，待学到《晏子使楚》这篇课文中"南橘北枳"的常识后才意识到当年种橘行为的可笑之处。

不止是种水果，那时的自己以及同伴们几乎是无树不种的。学校后面有一条清澈的小河，河岸上长着野生的榆树、槐树和枣树，放学回家之前，我们常常用力把一些小树苗拔出来然后移栽到家中。遗憾的是，因为仅有的工具是口袋里用来削铅笔的小刀，所以每一次移植无一例外地成了

"死亡转移"。

是的，尽管每一次回家后我们都是在第一时间挖好深坑，然后浇水，然后放苗，然后填土，然后用脚踩实……可是，这些根部受到严重损伤的小树先是枝叶无精打采地垂下来，然后则是叶子坠落、树枝干枯，最后，我只好悻悻地把它们连根拔起。

记忆中唯一种植还算成功的是一次种西瓜的经历。盛夏刚至，我把一些黑色的西瓜种子埋在窗前的一片空地上。没想到，几日之后，在我早已不再对它抱有希望的时候，有一株幼苗拱开了泥土探出了头。之后，随着绿色藤蔓越长越长，上面居然还结出了两个小瓜。待到中秋将近，这两个滚圆的西瓜已然成熟！尽管它们都没有长到先前的西瓜那么大，尽管瓜瓤红中带白味道并非很甜，但我还是吃得津津有味。毕竟是第一次吃到自己亲手种出来的果实，口里心里都是格外甜美。那一年，我7岁。

那一次的成功体验于我而言至关重要，它让我明白了一条重要的人生哲理：种植不一定有收获，但是不种植一定没有收获。后来，由于栽种得法，我还种活了柿子树、核桃树和山楂树，至今它们依然葳蕤在我家的旧庭院中，收获时节果实依然挂满枝头。

随着年龄的增长，才知道人生需要种植的不只是植物，还有更为重要的栽种物，比如友情，比如爱心，比如善念，比如宽恕，比如梦想，比如希望。而且，既然已经把种子植在了生命之田上，就不能让它轻易地枯萎，就要保持行动的连续性，就要不断地创造条件让所种之物在最恰当的时候生根发芽，最合适的时候苗壮成长，最需要的时候开花结果。

其实，在这个美丽而神秘的蓝色星球之上，每个人都有一片属于自己的种植园，因为爱种植是人类的天性，也是人类超越其他生灵的一个重要的优势特征。所不同的是，播撒在园中的种子有异，管理的具体模式有别，于是，园中的风景也就难免会有所不同了。

对手是自己的风景

"我对他又爱又恨。"李宗伟所说的"他"指的是林丹。

"我对他没有恨，只有爱。"林丹所说的"他"指的是李宗伟。

在世界羽坛上，林丹和李宗伟都是不朽的传奇，而两人之间的"交锋交往史"则无疑是另一种更有看点的传奇。

林丹与李宗伟激情演绎的羽坛"二人转"最早可以追溯到2004年。2004年汤姆斯杯，林丹以2∶1逆转获胜登上了荣耀最高峰。这是两人的第一次"斗法"，那时的林丹在中国羽坛上不过是一位新秀，而比林丹小一岁的华裔大男孩李宗伟在马来西亚羽坛上也只不过是一位出道未久的小师弟，后者甚至没有参加当年的雅典奥运会。

也就是在2004年以后，随着盖德、陶菲克等名将竞技状态的下降，世界羽坛逐渐进入了林李争锋的"双子星时代"。在这一时代里，能够撼动林丹之"超级丹"地位的只有李宗伟一人。

12岁就成为一名军人的林丹身体素质极好，擅长拉吊突击和鱼跃救球；性格相对沉稳的李宗伟变速能力强，对落点判断精准，具备出色的攻防能力。"球"逢对手，有对方在就没有懈怠的借口，就没有止步的理由，正是对方的存在保证了自己的球技不断地由精湛走向更加精湛。

像一对路窄的冤家，从汤姆斯杯到苏迪曼杯，从亚运会到奥运会，

从各地公开赛到世锦赛，最后进入巅峰对决的几乎毫无悬念的都是林李二人。然而，值得一提的是，赛场上浓郁的火药味儿从来都没有蔓延到赛场下。两人不但没有积怨日深成为对头，而且关系也由起初的互敬距离型向成熟亲密型发展，友情之舟在日渐宽阔的河面上扬帆前行！

2011年中秋节，林丹和李宗伟以互发短信的方式祝对方佳节愉快，在两人看来，对方已经成为自己生活中的一个重要组成部分。

2012年世界羽联超级赛总决赛时，林丹风趣地说："差不多每周或者每十天就能（和李宗伟）在比赛中遇上，比见我老婆的次数还多。"他甚至进一步调侃道，两人切磋了将近十年的球技，彼此之间太过熟悉已无秘密可言，简直有点儿"审美疲劳"了。对此，李宗伟也有同感。其实，深知自己和对方的羽坛之路都不会太长的二人早已懂得了"珍惜"——珍惜每一场共同参加的比赛，珍惜每一次交锋的缘分。

2012年伦敦奥运会，拿到决赛入场券后的李宗伟说："跟林丹在决赛中相遇，就像老朋友过招，彼此都很熟悉了。"这是两人第二次在奥运会羽毛球男单决赛中相逢，彼此都很重视，而决赛局19：21的微弱差距证明着双方实力的无比接近。

北京时间8月5日，曾在比赛中一度领先却仍然遭遇与北京奥运同样的败北结局的李宗伟依然伸出了右手，向刚刚收获金牌的老伙计表示祝贺，林丹并没有伸出手而是给了对方一个深深的兄弟般的拥抱，英雄相惜的场面感动了无数人。夺冠之后的林丹在接受采访时表示，自己的婚礼第一个想要邀请的人就是李宗伟。

2012年9月23日，林丹与谢杏芳举行婚礼的当天，事先多次表示要出席的李宗伟因为要参加日本公开赛的男单决赛而无法分身亲临现场，于是只好以微博的形式给老友送去祝福——"祝你们新婚快乐，早生贵子，白头偕老，很抱歉赶不上你们的婚礼现场。"遗憾之情溢于言表。

2013年8月11日，广州。世界羽毛球锦标赛男单决赛，林丹与老伙计

李宗伟再次相遇，这是他们第三十三场对决，遗憾的是在决赛局李宗伟因伤退赛。林丹走到赛场另一侧问候李宗伟的伤情，并协助医生把他抬上担架进行治疗。赛后林丹感言道："我觉得其实我们已不再是以前的对手，我们很珍惜每一次比赛的机会……我非常感谢这位伟大的对手。"

2016年，里约奥运会，林丹和李宗伟再次对决，林丹惜败。

场上是对手，场下是朋友，让"爱"的溪流荡涤"恨"的泥沙并汇聚成一种澄澈阔远的大境界，于是，在羽坛已"缠斗"多年的林丹与李宗伟两人不仅互相成就了对方的精彩和高度，还注定要成为对方职业生涯乃至整个人生征程中抹不去的珍贵回忆和逝不去的壮美风景。

同行非冤家，对手是风景，且看林丹与李宗伟二人共同演绎的羽坛传奇！

在时空里飞

　　人生的全部智慧就是如何更好地与数十载的光阴交往，所谓的长生不灭只是一个传说，所谓的玉露仙丹只会误人性命。

　　人类的全部作为就是如何更好地与若干百万年的时光交往，所说的世界末日人类未必有幸能够成为目击者。

　　一叶一菩提，一花一世界。叶青叶黄，花开花谢，一片叶抑或一朵花的命运中隐喻着一个人的命运，也隐喻着整个人类的命运，甚至是整个星球的命运。科学家预言，在若干亿年之后，地球终将被膨胀为红巨星的老年太阳无情地吞噬。

　　一只幸运的鸟雀的完整生命历程大概是这样的：从破壳而出到自由飞翔再到跌落枝头曝尸原野或街头。萧瑟秋风里唱完最后一支生命之歌，从树枝上空降下来的蝉与鸟雀有着本质上的相似，它们都以"天葬"的方式告别了这个世界。实际上，从严格意义上来讲，这并不是真正的"告别"，只不过是换了一种方式与世界同体。而且，不管是自由落体还是浴火成烟，抑或其他或平静或惨淡或壮烈的方式走到生命的末端，只要是终结在天地之间就应算是"天葬"了。

　　风驻尘香，看花需待明年。只可惜，年年岁岁花相似，岁岁年年人不同。即使是尽日惹飞絮的画檐蛛网也断然是留不住春天的脚步的。过去的

就永远地过去了，在一意孤行的时间面前，众生平等。

遥想当年，三叶虫曾经充斥浅海之底，恐龙曾经雄霸水陆空，剑齿虎曾经所向无敌傲居食物链的最顶端……时过境迁，试问，如今它们都到哪里去了？正如残存在历史书页上的那些圣人伟人贤人名人，以及挂一漏万的凡人庸人，说到底大家都叫古人。再把"古人"的外延扩大，他们和上述种种以及黄河象、琥珀蛛一样都可以称作"古生物"了。

作为万物之灵长的人类可以把探索的目光和思维横穿若干亿年和若干光年，但作为人的形体而言只能老老实实地待在特定的时空之中，并做着本时空里自己该做和能做的事情，仅此而已。秦皇再英明也断然不知电灯之光亮，汉武再雄才也不可能明了手机之妙处。生之前和死之后的漫长岁月注定是我们永远也无法涉足的神秘所在，不管你曾经拥有过多大的能耐，都不会获得《大话西游》中可以穿越时空的月光宝盒之能量。

万物外在的形式和生存的状态往往千差万别，是时间摆齐了一切。我们所要做的事情只能发生在"摆齐"之前。

蜜蜂的翅膀所飞到的每一朵花都是蜜蜂几个月的生命中的驿站，蚂蚁的每一次外出觅食都是一次生命的新的旅行。在有限的时间里，每一件事情的发生于生命体而言都有着它独一无二的意义。

"天空中没留下翅膀的痕迹，但我已经飞过。"飞过是过程，也是内容和意义，唯一的内容和意义。珍惜现在就是珍惜生命，只有勇敢地飞，认真地飞，理性地飞，奋力地飞，才不会辜负造物者的一番美意。

人生是一次心灵的飞行，在飞行中我们往往过分强调和过度夸大了一路的疲惫和失意，而忽略甚至有意地屏蔽了存在本身所承载的价值和美好。

"在时空里飞"，这无疑是一句积极的自我暗示，它足以让人生出一种笑傲天地的壮怀。既然急急流年如滔滔逝水，何不带上几分英豪之气飞越沼泽，飞过高山，飞向蓝天，飞出一路的美丽风景和曼妙情思？

星空的约会

　　唯有立于星空之下才能更加形象地感受到自身形体的微小——渺沧海之一粟。

　　唯有立于星空之下才能更加直观地体察到时空的浩渺——羡宇宙之无穷。

　　唯有立于星空之下才能更加真切地意识到自己地球人的身份——母星载我游太空。

　　唯有立于星空之下才能更加敬佩地体悟到人类胸襟的峰值——尽挹西江，细斟北斗，万象为宾客。

　　没有一处所在比星空更为邈远辽阔，没有一处空间比星空更适合冥思神游，立于星空下仰望满天星斗是人生一件爽心惬怀之美事，这等美事看似易得却非人人都能经常有幸拥有。星光临体，照得表里俱澄澈，照得肝胆皆冰雪，照得心凝形释与万化冥合，从头到脚、从身到心滤掉的是尘嚣，是躁动，是焦虑，是一切与大自然之律动不合拍的东西。

　　或淡蓝，或橘黄，或暗红，或纯白，几百年、几千年甚至更久远的时间之前发出的一束束星光射入眼眸落入心湖，刹那间就忘了得失，远了宠辱，淡了成败，甚至，齐了死生。星空太空，让人一抬头发现自己早已踏出了红尘万丈。

抬头望见北斗星。七颗亮星在天幕上联袂打出的依然是当年屈原上下求索的天问。古往今来，这个问号曾在多少思想者的心头停顿——生命体的终极意义到底应该在哪里安放？

人来于自然，又归于自然，答案只有自然能够给出。于是，深谙此道的庄周婉拒了楚王要授予他高官显位的美意；于是，"少无适俗韵"的陶潜高唱"归去来兮"采菊东篱又种豆南山。人在乡间，心在乡间，卸掉生命之舟不能承受之重，精神才能自在逍遥于天地之间。化用前者的一句名言——吾生也有涯，而欲也无涯，以有涯逐无涯，殆矣。

庄周们和陶潜们用自己的言行寓示后人，乡间才是融入自然、回到简单的最好立足点。同样，乡间也是亲近星空之美的最佳托足之区域。街市的霓虹使夜空失去了湛蓝的本色，酒肆的灯光照耀得更是一个远离本真的世界。在这些场所熙攘着、穿梭着的不少是心灵磁盘已用空间过大、可用空间有限的人。钱钟书先生有一语说得很是精辟——"人籁是寂静的致命伤。"

星辉无声流泻，穿越茫茫太空和渺渺时光像要应验一个古老的天谶，最终洒在一颗正在旋转的蓝色星球上，洒落一地的皎洁、神秘和安详，个中妙处难以言表。满天满地的星辉会告诉你，许多烦恼根本不值一提，许多纷扰实属触蛮之争，许多往事也大可付诸一笑。是的，在星空下微笑是人的思想与天地进行深度往来的一个明证。这样的微笑中透着平和，透着深邃，透着望穿人生的智慧——从容洒脱，无忧无惧，修剪好那棵心田上肆意疯长的欲望之树，做生活的智者远胜过做世俗的冠军。

月在边关，在海上，在春江，在松冈，在空城，在桥下，在西楼，在中庭，在床头，在柳梢，在疏桐，在花间，在斟满清酒浊酒的杯盏中。那么多被星月之光合作点亮的唐诗之晚和宋词之夜，月亮几乎成了一种情感的全寄托，而星星却往往被有意无意地忽略。不过，假若当时的天文常识再多一些的话，作为一块普通荒凉之石的月亮势必会被人们

一定程度地疏远，老兔、寒蟾、嫦娥、吴刚乃至整座广寒宫都无迹可寻，而广袤星空才是驰骋想象、拓展诗境、抒发喜悦以及排遣个人身世或家国愁苦的最佳意象。

星空浩瀚阔远，无限稀释着世事的感伤，无限启迪着前进的航程，无限蓄积着扬帆破浪的精神能量。在星空下站久了，定是消了狂气和俗气，长了大气和豪气。不如今夜就与缀满璀璨宝石般的星空约会，托南天威武的猎户把那灿烂的河汉信手摘下，权当作草帽半遮住脸庞，遮出一个明丽清远的好梦！

风景与故事

天地之间原本只有自然，人类出现后才有了世间。自然进入观赏者的眼中成为风景，世间经人类的演绎有了故事。

带有诗意的风景是装点心灵后花园的基本元素。天空的一轮明月，山间的一条溪流，枝头的一声鸟啼，路边的一棵绿树、一块顽石，甚至是石缝里挺出的一株毫不起眼的野草花都可以是一道美丽的风景，徜徉其中让人忘记忧愁，让人见到欢喜。

带着热度的故事是行走人间留下或正在留下的串串印痕。一颦一笑间隐藏着曼妙的故事，灯光舞台上闪动着精彩的故事，金戈战场上腾挪着壮阔的故事，大哭大闹中更承载着或惊心或滑稽的故事……置身其中，扑面而来的是浓浓的生活气息。

风景从来都不只属于诗人，尽管诗人眼中的风景最富有诗意；故事也从来不仅属于小说家，尽管小说家笔下的故事集中着生活的热度。

诗意的尽头没有诗意，呼啸而来的列车和冰冷刺骨的铁轨对于海子而言已经不再是面向大海春暖花开的风景；热度的尽头没有热度，凡事太尽缘分势必早尽，电影《风云》中雄霸披头散发的狼狈意味着一个曾经费尽心机登上巅峰的人物之人生故事的凄冷谢幕。

看山宜在山外，智者的目光移出生活的小圈子，故事本身也是风景；

乐山宜在山内，隐者的身影融进自然风景，风景之中也有故事。不必把名和利的分量掂得过重，也不必以梅为妻、以鹤为子，其实，智者和隐者两种身份可以适时地合而为一。美学大师朱光潜有一句经典的话——"人要有出世的精神才能做入世的事业"，当今社会奉行"下班关手机，周末必出游"的"绿客一族"已接近此境界。

失意时，不妨把风景引入故事，盘腿坐在丛生的荆棘旁边静心休憩抑或站在绊脚石上放声歌唱，如此则荆棘可爱、石头亲切，个中自有一番做人的坦然和傲气；得意时，不妨把故事引向风景，把酒东篱，盈袖的淡淡暗香里自有一种处世的超然和雅趣。

我看故事多风景，料故事看我应如是。赏着风景，演着故事，无怨无悔，不忧不惧。

节制是金

越来越觉得，在一个喧嚣与躁动的世界里，学会节制对于生活的意义真真重要。

月盈则亏，水满则溢。自我节制是一道意念的堤坝，有效阻挡着欲望潮水的肆意漫过，从而保证着心灵家园的安全与葱郁。放纵、贪婪和攀比则是欲望之水上风暴形成的三大祸源，风暴过境，一片凌乱不堪的泽国。

明知已到达"三高"的临界，饮食上大鱼大肉的嗜好仍然不改。口腹之欲倒是得到了满足，自己也看似没有受到半点儿委屈，殊不知心脑血管之疾在大快朵颐中也来了一个"跨越式大发展"。

明知高频率的夜生活会紊乱自己的生物钟，仍然禁不住玩乐的诱惑。或灯红酒绿过三更，或拥抱电脑到天明，青壮年虽然身体强健但也难以承受这样对健康进行的无限制挥霍。要知道，最终给自己的不良习惯买单的只能是你自己。

明知纸里包不住火，仍然为谋求虚名不惜论文造假，不惜兴奋剂滥用；明知法网恢恢疏而不漏，仍然为攫取实利不惜河边湿鞋去损公肥私，去发不义之财。

明知"鹪鹩巢林，不过一枝；偃鼠饮河，不过满腹"，偏偏蛇口吞象痴想着占据整片树林，拥有整条江河；偏偏欲壑难填，今天想着超过甲，

明天又想着赶上乙。于是机关算尽，于是疲于奔波，于是愁眉紧锁。

欲望是弱水三千，大多时候我们其实只需一瓢。太多了，就会身体不适，就会波及他人，就会浊浪排空甚至人仰船翻。说到底，欲望始终与利益的分配纠缠不清，利益上的诱惑在侧，保持一份清醒的节制于己于人都是一件幸事，都算一份功德。

就算是一种好理念也需要"节制"来指导，"生命在于运动"，然而高强度、长时间或不合时宜的运动并不是真正的养身之道。就算是一种好品质也需要"节制"来调剂，"业精于勤荒于嬉"，然而不懂休息、不会嬉戏、只张不弛的勤奋进取终会有一张病床在岁月的不远处等候，腾不出时间来休息只能腾出时间来生病。就算是有意为他人、为集体做一件大好事，适度的节制也是要有的，事情操之过急而违背客观规律极容易好心办成坏事情，正所谓"欲速则不达"。

还是英国《金融时报》专栏记者卢克·约翰逊说得好，自信与自律二者对于成功而言最为重要，有趣的是，很多人会不遗余力地获取自信并在此过程中丢掉自律。的确，在追求成功的路上，"自律"曾无数次被人弃之如敝屣，这一做法或现象往往使人们离成功的彼岸越来越遥远。自律是一种科学而理性的节制，不懂自律的人不会拥有长久的精彩，不懂自律的团体同样不会获得持续的发展，无论这一团体是大是小、是强是弱。

还是美国国父乔治·华盛顿做得好，华盛顿曾为自己编写了一本名为《待人接物行为准则》的小册子，该书共计格言一百一十条。这些都是他用来约束自己言谈举止的注意事项，而"节制"就是其中的一个核心理念。他的这种讲节制、重修养的优雅风度无疑为他的巅峰事业和魅力人格增分不少。

与乔治·华盛顿同时代的集政治家、科学家、航海家等诸多成就于一身的世界级传奇人物本杰明·富兰克林也曾为自己制定过道德准则，即著名的"十三条成功计划"，其中以"食不过饱，饮酒不醉"为内容的第一

条就是"节制"。

节制绝不是没有目的的停顿，绝不是没有策略的收敛，也绝不是没有方向的撤退；它是适可而止，是保存生力，是穷寇莫追，是有尺水行尺船。克服短视是它的存在前提，内心道德是它的坚守底线，自身条件是它的判断依据，外部环境是它的考量数据，恰到好处是它的最高境界，而有所为有所不为则是对它的最佳诠释。

"在物质的天空下，现代人求速成，高消费，真正懂节制的人太少了。"有位朋友在微博上不无感慨地说。也许正因如此，节制作为一种品质才显得格外珍贵。节制是金，是生命中的黄金，它带来的是平和的心态、智慧的生活和基于现实并指向愿景的成功人生。

求己亦要求人

一棵云杉平地而起直插九霄高天，一棵牵牛花的柔软枝蔓把紫红色的花朵送上大树的枝头。

世人常把赞赏的目光投向自立的前者，也常把鄙夷的脸色留给攀附的后者。殊不知，云杉和牵牛花都得到了各自的成功。

一条小船顺流而下，人借舟力，舟借水力，水借重力。借力是世界上一种普遍的现象和规律，即使是"其翼若垂天之云"的大鹏，在从北冥飞往南海的途中也要借助于六月的大风。其实，身姿伟岸的云杉也需要有所凭借，脚下厚德载物的大地就是它的根据地，就是它的发射井。

力是物体对物体的作用。世间万物都不可能只依靠自己的力量来存在和发展，在这一点上，身为万物之灵长的人并不例外，当然也包括君子在内。善于借力于外正是君子的特长，两千多年前的儒家代表人物荀子曾有明示，"君子生非异也，善假于物也"。

一个篱笆三个桩，一个好汉三个帮。当眼前的困难超出了个人的能力上限，理性的求人并不是一件有碍面子的事情；相反，过分相信自己的力量或者随意地拒绝别人的帮助往往会滑向刚愎自用和自以为是的泥沼深渊，正如一朵艳丽的春花若是拒绝一只蜜蜂的传粉，只能叹息着离开枝头无果而终。

　　所以，在项羽拒绝了亚父范增的助力的同时，历史也拒绝了项羽身上一度出现的好运，安排了让他自刎乌江的结局。与之形成鲜明对比的是，项羽的对手刘邦却借助比他更有谋略的张良、更能带兵的韩信和更能安民的萧何横扫宇内平定天下，最终奠定了汉朝数百年的基业。不善用人者常常自毁长城，善假于物者自能如虎添翼，于是，"力拔山兮气盖世"的项王败在了"得猛士兮守四方"的沛公手下。

　　难怪，个人主义英雄常常在孤独和悲壮中落败，而擅长借调众人之力者却能最后到达时代之峰巅。

　　事实上，善假于物就是求人的另一种释说。有时候，情商比智商更重要，就因为周边人际关系资源的有效开发和利用往往更能缩短自己通往成功的路程，就因为"求人"本身也是一种能力。尤其是在人与人之间联系日益紧密，社会分工更趋于精细化的今天，求人已经成为"地球村"每一个成员的必备能力。

　　"两句三年得，一吟双泪流；知音如不赏，归卧故山秋。"贾岛的这首"瘦"诗道出了中国历代士子文人渴求见赏被起用的共同情怀。在伯乐到来之前，未得志的千里马的境况常常比一般的马还要糟糕，而求人的重要性在这个过程中也得到了充分的彰显，而且这种情况也一定程度地延续到了现在。

　　最后我要说的是，自立自强的人固然是志士，身处困境之中善于求人的人亦不失为智者。

怪怨别人不如省察自己

公元207年，建安十二年，曹操召集诸位将领和谋士商议是否进击乌桓之事。

当时，袁绍已死，河北之地冀州、青州、幽州和并州等四州已经全部纳入了曹氏的权力版图，但袁绍的二儿子袁熙、三儿子袁尚率领的残部犹存，他们一起投奔了北方的乌桓，成了大后方的隐患。

曹洪等多数人认为，征讨乌桓路途遥远，万一刘表、刘备乘虚攻打许都将会给局面带来难以预测的被动，不如暂且回许都休整以图日后择机再行清剿。

谋士郭嘉却提出了与众人不同的见解。他认为"宜将剩勇追穷寇"，以彻底稳固大后方，而荆州的刘表、刘备二人也并非铁板一块，不足为惧。

曹操采纳了郭嘉的建议，挥师北上。

北伐大军行走半月终于到达乌桓境内。满目都是大漠黄沙、肆虐狂风，一路艰险不断，这让曹操心生悔意。但他并没有由悔生怒，更没有把怨气都撒到郭嘉身上。此次行动虽然计出郭嘉，但毕竟自己才是最终的拍板定策之人。

此时的郭嘉因为路途劳顿已经是重病之身，曹操来到他的身边禁不住流下了眼泪，声称对郭嘉为了自己平定沙漠身染重疾而内心不安，并再次问计于他。郭嘉再次献计让曹操挑选一支快速精锐部队攻其不备直捣乌桓蹋顿的大本营——柳城。曹操依计行事，一举攻下柳城，蹋顿也被曹操的部将张辽斩杀，征讨乌桓取得了胜利。

凯旋的曹操回到易州，马上把当初反对征讨乌桓者召集到自己跟前。有点儿出乎大家意料的是，曹操没有训斥，也没有自夸，而是直言此次征讨不过是得天之助不足效仿，并指出曹洪等人的主张才是万安之策，所以要予以重赏。以真论人，以实论事，曹操的"真实"换来的是部下的"忠实"，经此一事，曹洪等人更加坚定了跟随曹操的意志。

与曹操同时代的袁绍则堪称反面教材。

公元200年，建安五年，曹操发兵攻打刘备。袁绍帐下一位重要谋士田丰进谏主张趁此机会偷袭许昌，而袁绍却以儿子生病为由加以拒绝，白白错过了最佳机遇期。

后来，田丰因直言分析敌我利弊被逮捕入狱。再后来，袁绍自恃兵多将广要兴兵讨伐曹操，发兵之前，在狱中的田丰上书谏道，如今应该以静制动等待天时，不可随意兴兵，否则恐怕会有不利之事发生。因与自己见解不合，袁绍大怒道，等我打败了曹操，再来治你的罪。

官渡一战袁绍果然大败而归。此时，很多人都认为出师之前田丰预测正确而必可保全，而田丰却对狱吏说，如果袁将军打了胜仗一时高兴或许还能赦免我的死罪，现在战败了必会恼羞成怒，我已经不再抱任何生的希望了。果然话刚说完，袁绍就派来使者带剑来取田丰的性命。自此，河北又一根栋梁折断。

不因身处一时之困境就归咎于他人，不因取得一时之胜绩就标榜自己"英明"，就此一点而言，曹操的智慧已经远在袁绍之上，而袁曹之争的结局其实早就没了悬念。

困难期与危险期

"成功之前有困难期，成功之后有危险期。"

这句话用在美国著名小说家杰克•伦敦以及他的半自传体小说《马丁•伊登》主人公马丁•伊登身上是再妥帖不过的了。

1876年1月12日，杰克•伦敦出生于美国加利福尼亚州一个贫困的农民家庭，更增加其身世之悲的是他还是一个私生子。贫穷无助像一根刺，刺透他的肌肤，刺入了他的幼小的心灵。

杰克•伦敦8岁时曾在一家畜牧场当牧童，10岁时又曾在奥克兰市一早一晚当报童，然后周六去做码头小工，周日还要到游乐场打工，只有这样，自己的学费和生活费用才有着落。14岁时他又去罐头厂当童工，这时的他早已辍学了。为生活所迫，15岁的杰克•伦敦还做过夜间盗贼，即夜晚去养殖场偷盗，到了白天再把偷来的海产品拿到市场上去卖钱。此后，他还做过渔业队的警察和水手，16岁时他到美国东部以及加拿大去流浪，住在大都市的贫民区，还曾以"无业游荡罪"被捕入狱，被关数月之久才获释。此外，杰克•伦敦还曾到过阿拉斯加淘金，遍尝颠沛流离之苦。

穷人的孩子早成熟。还是十几岁年纪的他就开始了自己艰苦卓绝的自学生涯，如饥似渴地疯狂阅读，不断提升着自己的文学素养。他给自己定的目标很简单也很明确，那就是早日摆脱这种靠体力来维持生计的现状。为了实现这一目标，他不怕苦不怕累甚至节衣缩食，只为能买来足够的邮票，以便把自己的文章投递出去。

皇天不负有心人，从一次次的失败中站起来，他最终登上了成功的高峰。杰克•伦敦从24岁开始勤奋写作，16年如一日，仅写就的长篇小说就有19部，短篇小说更是多达150余篇，这些作品为他带来了极高的声誉，当然，他也因此不必再靠体力来挣钱活命。历经一路风雨之后，杰克•伦敦见到了期盼已久的彩虹。然而，让世人没有料到的是，沐浴在荣耀光环中、极具励志正能量的他陷入了空前的空虚之中，最终他被无边的空虚所吞噬，因服用大量吗啡而离开人世。那一年，他仅40岁。

其实，早在他离世7年前成书出版并让他的声誉达到峰值的长篇小说《马丁•伊登》，已经透露了他的思想轨迹并预示了他的人生轨迹。

小说中的马丁•伊登明显带有作者的影子。马丁•伊登原本是一个身居下层的穷水手，他为了成为一位有尊严和体面的作家而拼命自学。马丁•伊登曾经在一间租金低廉的小屋内坚持不懈地从事创作，尽管那些费尽心血写成并投出的稿子不断地遭遇退回的厄运。生活拮据，备受鄙夷，稿子屡发屡退，身处逆境之中的马丁•伊登依然坚忍不弃，笔耕不辍。最终，他交上了好运。作品"一发而不可收"，不尽金钱滚滚来。他的名声越来越响，就连那些曾经歧视小看他的人也开始恭维起他来。成名后的马丁•伊登看透了世态炎凉，心灵陷入了极度的空虚，最终不堪空虚袭扰的他选择了投海自尽……

成功是一座魔幻的城堡，它可以给发足奔向它的人提供不竭的勇气和力量，却也可以让身处其中的人遭遇"噬心"的境况。不单是杰克•伦敦和马丁•伊登，许多所谓的成功者的意志和信念没有被一路跋涉过程中的

烈日烤干，却被登上高顶后的一阵寒风吹倒。

　　人生的目标不可过于物质化和单一化，而追求并拥有心灵的富足与和顺才应是贯穿整个生命旅程的一条主线，如此一来，身处成功之前的"困难期"也会有奋斗的快乐，身在成功之后的"危险期"也会有清醒的幸福。毕竟，快乐和幸福才是成功人生的真谛。

令狐冲和他最后的倔强

"我和我最后的倔强，握紧双手绝对不放，下一站是不是天堂，就算失望不能绝望……"

听五月天的歌曲《倔强》，常常想起的是金庸著作《笑傲江湖》中的男一号——令狐冲，想起他第一次来到少林寺的情节。

彼时，令狐冲内力尽失，这对于一个行走江湖的人来说意味着什么，不言而喻。岂但是内力尽失，体内还有桃谷六仙、不戒和尚等人注入的七八道不同真气处于失控状态，随时可能发作起来要了他的性命。

岂但如此，因为所谓的"结交妖孽，与匪人为伍"，令狐冲已经被他向来敬重的师父岳不群逐出门户，并通报了整个正派武林。

岂但如此，他最喜爱的、连做梦都常常呼唤的小师妹岳灵珊早已移情于她的小师弟林平之的身上。

岂但如此，先是任盈盈为了辟谣而违心地让祖千秋、计无施等人传话江湖，杀令狐冲者重重酬谢，他将不见容于左派之士；后有岳不群传书于武林正派各大掌门，诸凡正派弟子日后将视令狐冲为敌。一句话，几乎站在整个武林对立面的令狐冲注定步步荆棘，难以活命。

从小就无父无母的令狐冲这次真的是一无所有了。然而，他还有他最后的骄傲和倔强，"什么生死门派，尽数置之脑后，霎时之间，连心中一直念念不忘的岳灵珊，也变得如同陌路人一般"。

如果仅是山穷水尽，还不足以突显这位令狐少侠融洒脱不羁与坚守底线于一体的倔强品质，于是，一个"超级大礼包"空降到他的面前，来更深一层地验证其倔强的成色。

彼时，少林方丈方证大师已经许诺要传授给令狐冲让武林人士梦寐难求、就连方生大师这样的得道高僧都无缘修习的无上内功——易筋经。该心法为达摩老祖所创，不仅能彻底治愈令狐冲的内伤，还可让其武学达到登峰造极的水准。其意义还不限于此，正如方生所言"少侠为我方丈师兄的关门弟子，不但得窥《易筋经》的高深武学，而我方丈师兄所精通的一十二般少林绝艺，亦可量才而授，那时少侠定可光大我门，在武林中放一异彩"。

而且，岳不群的书信在客观上也来得非常"及时"，为令狐冲加入少林派扫清了障碍。此情此景，世间许多人都会选择抓住这一千载难逢的机遇。然而，令狐冲却选择了放弃。在两位少林大师惊愕的目光中，令狐冲恭恭敬敬地磕了几个头，然后离开。书中这样写道："令狐冲嘿嘿一笑，转过身来，走出了室门。他胸中充满了一股不平之气，步履竟然十分轻捷，大踏步走出了少林寺。"

好一个"嘿嘿一笑"！

那一刻，令狐冲囊中无钱，腰间无剑，连盈盈所赠的短琴也不见了踪影。那一刻，令狐冲超越了名利，淡看了生死。因为一无所有，所以了无挂碍。

名声不能迷，利益不能惑，就算死期不远也能从容不迫。令狐冲握紧了最后的骄傲和倔强，彰显了他顶天立地的侠之本色。

那一日傍晚时分，离开少林寺的令狐冲在一个简陋的凉亭中与向问天力挫群雄，在后者的安排下去了西湖梅庄，阴差阳错地救出了任盈盈的父亲任我行，并习得刻在铁板上的内功秘要，以吸星神功化去了体内窜动的异种真气……

当我们看似一无所有的时候，就让内心的倔强成为我们阻挡命运洪流的最后一道高墙吧。可以失望，不能绝望，存一份骨气，留一种侠风，跨步勇敢向前，通往远方的路上依然挂着绚丽的希望。

"慢"于求成

家住广西钦州市沙埠镇的黄晓芳在事业上一直以"爱折腾"的风格吸引着公众的眼球，近几年来更是因黄花梨树而备受关注。

黄晓芳所种的黄花梨树学名为"降香黄檀"，是一种珍贵的树种。黄花梨树的木心为黄褐色或深黄褐色，用它做成的家具纹理美观，散发幽香，带有光泽，经久耐用，给人一种富丽堂皇和尊贵典雅的感观，而仅仅是一张黄花梨木做成的桌子售价就可高达800多万元。但是，野生的黄花梨树需要等上百年甚至数百年才能成大材，生长周期超长，人工种植相应地就极少。

事情还要从1997年说起。这一年，黄晓芳与丈夫在钦州开了一家轮胎店，由于经营有道，到2006年已经发展到拥有七家商铺的规模，年销售额达5000多万元，在当地业界颇有一些名气。

然而，在2008年8月，黄晓芳做了一件让大家觉得很是离谱的事情——承包了300多亩荒山来种植黄花梨树，而为了获得资金，她还令人觉得不可思议地把自己生意红火的轮胎店逐步压缩到两家。

"怎么那么傻，种了之后谁得益？留给孩子了，她自己不就赚点儿辛苦嘛。""你都四十了，熬到（树长大的）时候，不单白了头，可能也走完人生的路程了。""老黄，你种这个，你看不到了，孩子、孙子才能看

到。"……大家的质疑声不一而足。

黄晓芳还是把"心动"变成了行动。她与丈夫吃住在山上，经过两个月的攻坚战，把4000多棵树苗栽在了自己的承包地里。让黄晓芳确信自己的计划具备可行性的依据主要有三点：一是人工种植黄花梨树的实验成功的年头还不多，她可以占到先机；二是树苗每株价格10元多，在可以承受的范围之内；三是据专家介绍，由于条件较好，人工种植的树苗生长成材的周期较短。

2010年，黄晓芳已经把黄花梨树扩大到30000多棵，为了更加有效地经营管理，她还成立了黄花梨树种植合作社。2011年，第一批栽下的树苗已经长到了4米多高，抚摸着这些花费自己太多心血的树木，敢为天下先的黄晓芳欣喜不已。

除了投资、舆论等方面的压力外，黄晓芳面临的一个更加现实的考验来自洋面上生成的台风。比如，2011年10月，五十年不遇的台风"启德"来袭，几乎让她陷入了绝境，她的黄花梨树竟然有九成被刮倒。台风刚过，黄晓芳就组织人力把被刮倒的树木扶起来并用竹竿等物固定好，而这段时日雨一直未停。但是，刚刚松了口气的她又面临一次新的打击。树虽然扶起来了，但树叶却开始变黄，更严重的已经开始坠落，照此发展下去树木必死无疑。

顶住压力，决不放弃！请来专家才知道，树木在水中泡得太久，感染了真菌。在专家的指导下，幸好喷药及时，树木转危为安，但这些受伤的树在半年内将会处于停滞不生长的状态。

"病树前头万木春。"2012年的春天，病树终于恢复了生长。但是众人的种种议论在暂时告一段落之后又开始沸腾起来，因为黄晓芳的举动再次让人感到匪夷所思——她竟然主动剪掉一些黄花梨树的枝叶，这不是自寻烦恼吗？

被剪下的枝叶并没有送到别处，而是混在饲料中。原来，她发现在黄

花梨树林中，满地跑的两万多只鸡喜欢吃黄花梨树的叶子，低矮处的叶子已经被吃掉了不少。2012年8月，肉质鲜美的"黄花梨鸡"开始上市，一时间火爆市场，就连一些大饭店都开始预订；2013年黄晓芳又开了一家黄花梨鸡蛋专卖店，售价20元一斤，由于味道上好再次受到了热捧，这些已经让她收益50多万元，而销售黄花梨茶也已经进入她的计划当中……

就这样，完全出乎大家的预料，在种树五年之后黄晓芳就赚到了钱，而再过15年树木初步成材，按照黄晓芳的说法是，"即使成活1.5万株，也可以赚到10亿元。"

"在创业的过程中不能急于求成，更不能浮躁。"在接受记者采访时黄晓芳如是说。可是，有谁知道这样的一句话语中包含着黄晓芳一家人多少的艰辛付出和倔强坚持呀！置身质疑声浪中心并从挫败的泥淖中一步步走出来的黄晓芳知道，前面或许还会有新的考验在等着她去直面，但她不会抛弃和放弃，因为就像黄花梨树因生长慢而贵重一样，"慢"于求成并稳步推进正是她所认定的收获大成功的秘诀。

平衡之美

　　平则得以安踏，衡则铸造稳固，世间万物久长之道莫出于"平衡"二字。

　　养身需懂平衡之道。阴阳二气存于体内，阴阳平衡是生命活力之水长流不息的根本，阴与阳二者既不过分，也不偏衰，如此则气血充足，精力充旺，各脏安康。反之，阴阳失衡，易患病，易早衰。与天道背道而驰，实为养生之大忌。

　　养心需懂平衡之道。"养怡之福，可得永年。"曹操所说的"养怡"即保持心灵的和乐，保持心态的平衡。心如止水，倒映一路走来的风景，偶有微澜，那也是泛起的幸福的涟漪，如此宠辱不惊，自然是永年可得。反之，心态失衡，一味地慨叹路途的坎坷，一味地放大命运的不公，盲目攀比，自寻烦恼，终有一天，大的烦恼会压得人走向崩溃之途。

　　力量平衡带来的常常是局面的稳定，和平源自两大军事力量的平衡，而战争的爆发则多半缘于力量的严重失衡。以绝强对弱小，有如以卵击石。比如，动用海陆空以及"天基"力量的某超级大国与某中东小国开打，最终的胜负早已毫无悬念，也正因为毫无悬念才往往导致战争的频发。如若双方势均力敌，赢输一时间无法明朗，甚至面临双输的结局，此类情况的交锋多半是冷战模式，热战无人愿打。

　　《天龙八部》中武功修为最高者是少林寺的一位佛法精深的扫地老僧。武功提升的过程中，戾气难免也会累积，这些积聚于体内的戾气不仅可以害人，更能伤己，唯有不断地修习佛法才能化解自身不断滋生的戾气，即用佛法之仁慈来平衡武功之戾气，如此才能避免武功反噬误入歧途，甚至走火入魔如鸠摩智。

　　一个人，文气过多难免亏之于柔弱，而武气过烈难免挫之于刚强。一个国家亦是如此：周以过弱而亡，秦以过强而夭，武备松弛抑或穷兵黩武都是不足取的。唯有文武兼修，刚柔平衡，才可立于不败之地。

　　太阳系内，恒星太阳、行星、小行星、卫星、彗星等天体在互相作用下达到了一种多力的平衡状态，于是太阳系秩序井然，祥和平静。如若某一天体突然出现异常，太阳系必将出现一阵动荡与骚乱。当然，这种动荡与骚乱可能只是短暂和局部的，最终还是要达到新的平衡之境。太阳系如此，银河系如此，整个宇宙如此，于是我们在长夜举头看到了浩瀚而璀璨的星空。

　　学习讲究学玩平衡，理财讲究收支平衡，商业讲究供求平衡……平衡构建和谐大道，所以最美。

对生活说"真好"

或多或少，或轻或重，人都是有着自己的口头禅的。

乐观者常说，"只是一点儿毛毛雨而已"；悲观者常言，"我的天哪，这可如何是好呢"；自负者常云，"他也不过如此吧"；自卑者常语，"咱怎能跟人家相比呢"；无畏者常论，"狭路相逢勇者胜"；胆怯者常道，"多一事不如少一事"……

一句普普通通的话在某个人的口语中出现的频率偏高时才会升格为口头禅的。言为心声，在一般情况下，口头禅最能集中体现一个人的价值观念和思想境界。

我有一位同事，比我小上几岁，相处时日无多就发现他说话的一个明显特点：他喜欢在谈及一件事情时在前面加上"真好呀"三个字，而且每次脸颊上一定浮起浅浅的笑意。

"真好呀，我们又可以上班了。""真好呀，我们终于下班了。""真好呀，今天可干的活儿这么多。""真好呀，今天的任务很轻松。"……许多的事情，甚至是完全相反的两件事也被他冠以同样的口头禅。事情当然不可能总好，只是加上这句"真好呀"，一件稀松平常的事也会蒙上一层理想化的色彩，一件不太好的事也会因此似乎减轻了事件本身的严肃性和严峻性，而若是一件好事，自可增大心中喜悦的振幅。同事

真是一个生活的智者！

一句"真好呀"像一阵阵清凉的风吹皱一池春水，层层美妙的涟漪就这样荡漾开去，并给旁人以同沐春风般无边惬意。境由心造，难怪他的身上总是蓄满着朝气，难怪他的办事效率总是"居高不下"，难怪他的成绩屡屡受到上司的肯定。

我们不在同室办公，每逢工作的间隙或者身心感到疲惫的时候我常去敲他的门，只为听他那句有如天籁般清心的"真好呀"。短短的三个字，竟让一切有关人生的说教在瞬间变得黯然苍白。

回想起他往日里说口头禅时的情景是这样的："真好呀，今天的天气多晴朗。"可我分明看到他额头有密密的汗珠沁出；"真好呀，今天下雨了。"可我分明见到他差点儿被淋成了落汤鸡；"真好呀，要加班了。"可我分明知道他事先有其他的安排……他的潇洒风采和阳光气质让人钦佩。

但让我更深层次地钦佩他是缘于后来对他家境的了解。他的母亲得重症常年卧床不起，父亲在一家濒临倒闭的小厂子里上班，还有一个读大学的弟弟花钱正盛……原来，他所说的"我又可以上（加）班了"是指又可以挣钱来支撑家庭的最低开支了，他所说的"我们终于下班了"是指又可以回家做家务照顾家人了。一蓑烟雨任平生，也无风雨也无晴，坚毅与达观增加的是脊梁的硬度和生命的厚度。

在逆境面前，同事是无忧无惧的乐天才子苏东坡，而绝不是絮絮叨叨以期博人同情的祥林嫂。他像一阵旋风一样从容地穿越人生的荆棘，而穿越之后依然保持着穿越前旋转的超逸。有了这份超逸随身，便有了超越生活苦难的能量，即便深陷孤岛、危机重重，也能"弹起我心爱的土琵琶，唱起那动人的歌谣"。

细细品味，同事式的对生活说"真好"断不是一种精神上的自我陶醉和麻痹，一句句"真好呀"里面还蕴含着对生活的感恩，对当下的知足，对困难的藐视，对幸福的提醒和对未来的憧憬。想来，感恩和知足盈心，

困难自会退却，幸福自会到来，关于未来的愿景自会铺开，同事的境界让人仰望。

在这个物质一路奔跑，精神跟进乏力的年代，每每听得"无聊""没劲""漂泊"等浮躁颓废的话语，从一个个面容惨白的人口中迸出时，我都会一脸喜色地在心里对自己说："平生能够逢上一位把'真好呀'作口头禅的同伴实在是真好呀！"

对生活说"真好"，如果一定要在前面加上一个期限，我希望在尘世行走的每一个人亮出的答案都是相同的两个字——永远！

要的就是"过"

去一所陌生中学听课，讲课内容是"诗歌鉴赏之虚实结合"。

我并不认识授课教师，正如授课教师并不认识上课学生，又如上课学生并不认识我一样。

执教的是一位男青年，衣衫整齐，一脸严肃，给人一种很正统的感觉，但很快他的表现就轻而易举地颠覆了我的第一判断。为了融洽师生关系，上课伊始，这位老师就引吭高歌了几句何晟铭的《佛说》，颇具磁力的歌声很快就赢得了一阵掌声，气氛一下子轻松了许多。

掌声过后，老师顿了顿，然后进入了他的开场白："佛说，前世的五百次回眸换来今生的一次擦肩而过；佛又说，前世的五千次回眸换来今生的一泓秋波；佛还说，前世的五万次回眸只为今天的这一节语文课！"

出人意料的第三个分句话音刚落，掌声笑声同时响彻教室，显然学生们对眼前的这位陌生老师已经产生了极大的好感，这种好感又把刚才由于教室后面听课者云集所带来的无形压力冲淡了许多。

老师讲得顺畅无比，学生听得带劲儿"异常"。不时有学生主动站起来提问或回答问题，每一次老师都让他们自报家门然后再坐下。评语也结合学生的姓名临时确定，如"王佳宁就是佳！""宋长新的见解实在新！"……热烈的笑声持续不断。

中间有一个环节是让学生把练习题的答案书写到黑板上，本来只有两个人的答题空间，硬是上去了六个人在上面争地盘，你不让我，我不让你，气氛经过一再地积累发酵近乎火爆，就差肢体冲突了。

这次同样要在下讲台前把答题者的名字亮出来，其中有一个叫"白焱"的同学的署名引起了他的注意。待大家都答完题撤回座位后，只见老师含笑步入讲台，用红笔圈起了一个"焱"字，然后就地取材故作严肃地说："给这六名同学一个总体评价——焱，如果一定要用一句歌词来表达的话，我想应该是——'我的热情就像这三把火，燃烧了整个语文课堂。'"随后自顾自地唱着改编的费翔的《冬天里的一把火》，台下更加热烈的笑声也紧随而至。

课近结束，老师又哼起了这节课刚开始时的那首《佛说》，然后继续推介他的新版《佛说》，"佛说，握紧拳头，你会一无所有，因为世间万物皆空；佛又说，伸开手掌，你将拥有全世界，因为唯有空才能包容万物；佛最后说，万条真理一句话：虚实结合就是好！"

一个个大拇指竖起来，一次次叫好声经久不断。

老师抱拳致谢，对眼前的学生做了如下的评价："反应过度，配合过好，热情过火，战力过牛，表现过疯，让人实在印象过于深刻！简称'六过'。"

持久的掌声中，老师挥手告别，全体同学追出了教室……

这是我平生听到的最给力的一堂课，受教之余不禁想到，国人喜欢奉行中庸之道，凡事求和求稳，力求不偏不颇、不冷不热、不远不近、不悲不喜，这固然是一种做人与处世的智慧，但凡事皆如此势必会让思想趋于保守，行动滑向拘谨，长此以往，难免会忘记其实在不违背大原则的前提下，人生许多精彩风景都要由一个"过"字来实现启动和维持的。让一次次展示自我的好机会空自擦肩而逝，想来这将是多么遗憾的事情呀。

天地不限人，而人自限之。难怪佛说，"过，过，过！"

一个人的荒岛

　　一座砂石裸露、寸草不生的荒芜沉寂之岛靠一人之力能变成一座林木葱茏、鸟兽欢鸣的生机盎然之岛吗？或许，印度阿萨姆邦的一位名叫扎达夫·佩扬的村民可以给你一个最乐观也最现实的答案。

　　印度布拉马普特拉河宽阔的河面上有一座全世界最大的江心岛——马朱利岛。30多年前，放眼望去，全岛被一片砂石所覆盖，岛上没有植物也没有动物，到处都是酷似火星地貌的死寂。尤其是在六七月炎炎盛夏，河水漫过浅滩又很快退去，一些被冲上岸的水蛇在滚烫的砂石之上炙烤而亡，散发出阵阵刺鼻的腥臭，更加重了马朱利岛的死岛气息。

　　1979年的一个普通夏日，飘在天边的几朵薄云降不下阳光的烈度，佩扬一个人乘着小舟来马朱利岛游玩。然而，眼前的一片荒凉破败让他既惊讶又痛心。就这样在荒岛上伫立良久，而一个立志要改变岛上环境的梦想也悄然在他的心中萌芽。

　　于是，佩扬从村子里带来25棵竹子幼苗与50粒竹子种子，然后把幼苗和种子种植在河畔沙地上。为了确保竹苗不被晒死和种子正常发芽，佩扬每隔五天就划半个多小时的船登岛为它们浇水护理。在他的护理下，马朱利岛上出现了小小的但却是可喜的绿意。这一年，佩扬16岁。

　　除了栽种竹子外，佩扬还尝试把木棉树、凤凰木等印度常见的树种种

到马朱利岛上。五年之后，岛上已经出现了一片规模可观的树林。这极大地鼓舞了佩扬的斗志，此时的他有了一个更加宏大的造林计划——造出一片绵延一千米的森林绿化带，他为这一计划激动万分。

随着岛上生态环境的好转，一些野生动物也相继来岛上生活。鸟雀在枝上筑巢，野鹿在林间穿梭，当然还有佩扬自家在岛上放养的奶牛和水牛。这些鸟兽不仅以其粪便改善了岛屿土壤的肥力，而且其粪便中的种子也被带到了更远处，它们都成了佩扬的植树好帮手。再加上河流泛滥之时带上岸的树种也有了适宜生长的土地，岛屿的绿色面积在稳步扩大中。喜在心头的佩扬干脆举家搬迁到马朱利岛上，而附近的村民们则以佩扬的小名称呼岛上森林为"穆莱森林"。

岛屿绿化之路也并非一帆风顺。2008年，一群野生大象来到马朱利岛，成为穆莱森林的常住居民，并以马朱利岛为基地对周边村庄进行袭扰。大象们入村庄，偷米酒，寻食物，踏农田，严重干扰了村民们的正常生活。终于，近千名群情激奋的村民来到马朱利岛，要求砍掉穆莱森林以赶走可恶的象群。那是一次激烈的争执，为了保护历经千辛万苦才建成的穆莱森林，佩扬不惜搭上自己的性命。还好，在他的坚持和劝解下，村民们暂时性地做出了让步。

引发抗议，焉知非福？一场风波过后，佩扬开始思考解决野象扰民问题的途径。他开始在岛上种植香蕉树等大象喜爱的"食品"。这一招果然奏效，被岛上美食留住脚步的象群再也没有离岛扰民。而且，恰恰是这次与村民们的争执，让马朱利岛上的穆莱森林声名渐渐远播。

声名远播的一个结果是，引起了印度林业部门的兴趣。林业部门人员对这群野生大象展开跟踪研究，而穆莱森林也受到了外界前所未有的关注。佩扬成了当地颇具名气的人物，包括一些西方环保志愿者在内，不断有人慕名而来登岛观林，对其所取得的成就赞叹不已。佩扬受邀在多地参加演讲，讲述自己与马朱利岛的故事，印度一些政要也对其给予了高度的赞扬。

经过36年的不懈努力，如今的马朱利岛森林覆盖面积已达550公顷之广。虽然几年前由于子女上学而迁出马朱利岛，佩扬每天仍坚持早早地划船来到他心爱的马朱利岛上。在照顾好自己的牛群之后，佩扬都会一个人来到穆莱森林，那里有遮眼的绿色，有清新的空气，有凉爽的林风，有鸟语花香，有呦呦鹿鸣，有一个16岁男孩绽放的人生梦想……

当一个人的荒岛变成众多生灵的乐园，当马朱利岛由"火星时期"进入"地球时代"，世人见证了一个人梦想与行动的力量，见证了这种力量所创造的生动奇迹和不朽传奇！

惠子的椿树

大凡对熙攘世界保持一种冷眼旁观姿态的人，身边的朋友都是寥寥。当年曾做过漆园小吏的庄子就遭遇到了这样的情形，而惠子也就顺理成章地成为他为数不多的朋友之一，并因此常被后人顺便提起。

说来惠子的确是有资格做庄子的朋友的，虽然他曾在魏国下令搜捕庄子三天三夜，有"以猫头鹰之心度凤凰之腹"的嫌疑。但后来二人的关系还是可以归入亲密型的：一起去濠水散心观鱼，一起探究玄思妙理，一起玩"口水游戏"较量辩才。并且，当庄子的妻子"偃然寝于巨室"时，惠子也是曾去悲情吊唁的；而有一次庄子经过惠子的墓地也不无伤感地回头对人说，"自夫子之死也""吾无与言之者矣"，彼此感情之真挚深厚可见一斑。尽管老哥俩儿道不同，身份、地位、条件、个性也都迥异，但有对方作话友，至少可以消去几分身处云端的寂寞。

惠子还是比较懂庄子的。在惠子的眼中，庄子的那套精骛八极、心游万仞却看似有些不切实际的大理论就是他家那棵长在大路一侧的大椿树。有意无意中，惠子道出了一个古代修辞史上的经典比喻，这个比喻的经典地位随时间的延伸而日渐巩固。

那么，这是一棵怎样的椿树呢？它的主干倾斜，枝条弯曲，长在路边，孑然一身，因为不中绳墨不合规矩不堪大用，木匠们自是懒得去费工

夫端详，就连一般路人也不去多瞧上一眼。然而，就是这样一棵被世俗观念加盖上"无用"之印章的椿树生长得却是郁郁葱葱、粗壮异常。个中道理很简单，你想呀，无忧无惧地享用自然界的日月精华和雨露润泽，怎能不旺相呢？

"山木自寇，膏火自煎。"唯有无用者最能御开贪念者的目光，也因此得以养性尽年并保持形体的独立和精神的自由。生活于战国乱世的庄子自然是深谙此道的，那一次，楚王派两位大夫高调请他去楚国从政，看阵势官职还是不低，正在濮水边钓鱼的他头也不转地当场亮明了自己的低调价值观——愿曳尾于涂，无拘无束。对不起，哥钓的是鱼，是小悠闲，是大寂寞，是妙处难与君说的天道之境，唯独不是世俗眼光最看重的名利。"桂可食，故伐之；漆可用，故割之。"很显然，庄子无意于去做一棵被人认定有用的桂树或漆树。

其实，天地间从来就没有真正的无用之物，就像惠子家的那棵椿树，庄子说可以在树下散步消遣，也可以躺在如绿阴般的树下获取一份逍遥自在，甚至酣眠入睡也不失为一件美事，说不准还会梦到舞姿翩然的蝴蝶呢。有树必有阴凉，这对于暴走于大太阳底下的行人而言无疑是一个绝佳的去处，这不是很好吗？

诚如惠子所言，庄子的思想是一棵大椿树。准确地说，这是一棵长在广漠之野，"以八千岁为春，八千岁为秋"的大椿树。在这棵根深枝繁叶茂的"不材之木"下，陶渊明来过，李白来过，欧阳修来过，苏轼来过，卢挚来过，就连挥动金戈、驱策铁马的辛弃疾也来过……他们在此静静地观想，寻找解脱的法门，对抗心灵的沙化，远离"腐鼠的味道"，汲取可以启迪和滋养人生的"大智"。

"大知闲闲"，椿树枝条抖落的清凉落在脸上就是一朵朵滤掉功利趋于纯净的笑容之花。不汲汲，不戚戚，抽减几分庸碌世俗的躁动，增添几分亲近自然的安详，甚至还能生出几分开怀的笑傲。于是，听得有人吟，

"采菊东篱下，悠然见南山"；听得有人慷慨地吟，"人生在世不称意，明朝散发弄扁舟"；听得有人忘情地吟，"醉翁之意不在酒，在乎山水之间也"；听见有人唱，"起舞弄清影，何似在人间"；听见有人唱，"一松一竹真朋友，山鸟山花好弟兄"，听见有人大声地唱，"万里云山入浩歌，一任傍人笑我"；还听见有人边笑边唱，"豪情还剩一襟晚照"……

　　歌响歌停，人来人去，而庄子一直就在这里，一个人沐着乡野的风，看着树叶的摇动，听着来自绿意深处的串串鸟鸣，含笑地注视着惠子送给自己的这个绝妙喻体。庄子对这个比喻竟很满意，这是原本想讽刺一下对方的惠子所始料未及的，而对于这位重外物远胜于内心的老友，庄子也是要回敬一个同样经典到位的比喻的——"由天地之道观惠施之能，其犹一蚊一虻之劳者也"。在庄子的"天道之镜"下，学富五车并登上梁国相位的所谓名家代表人物的惠子，实在是一只术有余而道不足的可怜虫呀！呵呵，呵呵，庄子当时脑海中初现这一比喻时一定是笑出了声音的。

　　就是这样，那棵大而无用的椿树生在俗世里，它的所有权归惠子和惠子们；那棵大而无用的椿树长在天地间，它的实际使用权一直都在庄子和庄子们那里。

日食的启示

日食是当月球运行到地球和太阳的中间，太阳光被月球挡住无法抵达地球而形成的一种天文奇观。日食，在带给百忙于尘世俗务的地球人以仰望天空的机会的同时，也留给了我们更多的思索。

首先，不必惧怕被遮挡。

从物理光学的视角看，有光亮就难免会有阴影区域的存在，再耀眼的光亮也有它照射不到的地方。太阳光可谓是强盛之极，但在某一个具体时刻它也只能照到地球的一个半球，另一半则是暗暗的黑夜，即使在所谓的白昼也可能有一时被遮挡，于是有了日食现象的发生。人，不必苛求一开始就鹤立鸡群、光芒四射，也不必奢望举世称赞、处处口碑，要知道"被遮挡"和"被阻挡"是成功前的一种常态，只要努力做好自己所认定的事业，在自己的位置上奋力地散发自己的光和热，积土成山，集腋成裘，终究会有在本领域内出人头地、高耸云海的那一天。要知道，被遮挡和被阻挡只是一时的，非议和偏见只是一时的，是金子就不怕尘埃粒粒落下，是凌云木就不惧早年埋头深草无人识的寂寞奋斗岁月，问题的真正关键在于如何潜心地把自己打造成足色之金和凌云之木。

其次，刺目的强光不宜长久直视。

日食的强烈光芒刺目灼人，直视对于眼睛的伤害不言而喻，至少需

要隔着一块黑玻璃正确观看方能确保安全无虞。我们的生活中也有一些诸如状元、名人、明星之类的夺目人物，他们的光芒也不宜长久地去直视。直视其光彩照人的一面时间过长，可能灼伤的不仅仅是我们的眼睛，还有我们心灵深处的自尊与自信，甚至滋生出嫉妒的心火，于人于己都无益处可言。我们也需要在明星和自我之间横上一块叫作理性的镜片，过滤其"华"深窥其"实"，从而避免盲目的羡慕、崇拜、不平和自卑所引发的链式反应。多看人家光芒后面流淌的汗水，多看人家背后脚印留下的求索轨迹，这些都比那些表面化的东西更真切，更能给人以启迪智慧和决心思齐的力量。

再次，精彩源自合作的默契。

太阳虽然光芒万丈，在整个太阳系中一超独大，但若没有月球和地球的配合是断无日食这一壮丽景观出现的。古往今来，凡成大事者环视其身旁，都有一群股肱之人在鼎力相助。人毕竟是社会化的动物，在学会自立技能的同时也必须学会精诚合作的本领，不仅要与同级别者合作，还要善于与不同级别者开展合作。真正称作睿智的人不会因为对方强大而疑虑重重、退避三舍，也不会因为对方弱小而不屑一顾、盛气凌人，做到前者需要心胸和勇气，做到后者则需要眼光和品格。正所谓"尺有所短，寸有所长"，有的时候高个子骆驼做不来的事小个子羊可以做得到，大人做不来的事小孩子可以做得到。擅长默契合作、整合周边资源的人总会更顺水顺风地先期抵达成功的彼岸。

还有，身后的背景也可以成为自己的风景。

同一个人同一件事，放置的空间不同、舞台不同，风景往往就不同。"乾坤一台戏，日月两盏灯。"想来日食乃至月食只不过是日、月、地三位太空玩家以乾坤为背景演绎的一个大手笔，也可以看作是它们表演的一场短时游戏罢了。相较而言，我们的人生充其量只能勉强称作是"一场关于微生物的游戏"而已，其中的苦辣酸甜更是何足道哉？"寄蜉蝣于天

地，渺沧海之一粟。"当年仕途遭遇重大坎坷的苏东坡月夜泛舟赤壁之下的故事启迪我们：摆脱苦闷有两大良方，一是把苦闷置于久远浩瀚的宇宙时空中去淡化和稀释，一是让自己逢上的不幸连同自己在广阔空间内瞬间渺小化。心境决定视野，背景就是风景，那一夜作为"闲者"的苏学士成了"江上之清风"与"山间之明月"的真正"主人"。天地不曾限人，而人常局限于自己所设的小天地，为此当我们感到举步维艰、呼吸困难、悲观绝望甚至痛不欲生的时刻，再一味地画地为牢实不足取，不妨试着把自己的舞台放大，把自己身后的背景延展，你终会在拥有豁达与豪气的同时，获取到人生的智谋和一番可供自己形体与精神自由腾跃的新的天地。

第三辑

我们都是特种兵

　　所谓的特种兵，就是指能适合各种复杂和恶劣环境并能完成各种作战任务的兵种，特种兵有着顽强的毅力、健壮的体力、持久的耐力以及对环境的超常适应能力。

　　事实上，在整个生物界，很多看似并不起眼的动植物所具备的生存技能、意志和智慧都是非常让人敬佩的，比如，善于等待的巴西坚果树；比如，纳米布沙漠中顽强的沐雾拟步行虫；再比如，特别能抗寒、特别能飞行和"特别会采蜜"的安第斯蜂鸟。

巴西坚果树的等待

巴西坚果树高度可达四五十米，直径接近两米，在植物界素有"雨林巨无霸"的响亮名号。然而，这位"巨无霸"在进入快速生长期之前，往往还需要经历一段极其漫长的等待过程，只有那些最具有等待精神和耐性品质的种子或幼苗才有他日高耸云天的可能。

果熟蒂落，当足球般大小的坚果从高高的树冠层上如重磅炮弹一样高速空降到地面上（3秒钟内时速即达80公里），很快就会吸引一种叫作刺豚鼠的啮齿类动物前来进行"有偿服务"。

刺豚鼠上下各长着一对坚固且犀利的大门牙，他们是唯一一种有能力破开坚果树果实之坚厚"装甲"并得以享用其中美味的动物。好在刺豚鼠的一次果腹量有限，果壳内相当一部分种子是能够幸免于难的。

这些"鼠口脱险"的幸运树种被忘性极差的刺豚鼠作为战备物资分散地掩埋在母树周围不同的地方，而这些地方也是坚果树新生命萌发之处。但是，于坚果树新生命而言，真正意义上的生存考验才刚刚开始。这里的环境多半是"枝枝相覆盖，叶叶相交通"，来自雨林上方的阳光遭到层层枝叶的拦截，光合作用机制无法有效进行，生长自然也就无从谈起。

不过，坚果树自有其应对困境的办法，那就是等待，即与时间比耐力。令人惊叹的是，这些种子可以在地下沉睡很长时间，有的甚至长达数

十年之久而不朽不坏；更令人惊叹的是，即使种子破土而出长成幼苗，这些幼苗也可以在茂密的雨林中休眠几十年的时间，所以看上去光阴似乎于此处停止，树苗依然是很久以前的模样。

当附近有树木让出空间，当头顶有灿烂阳光的照耀，坚果树苦苦等待的战略发展机遇期终于来临了！如同一个奇迹般，地下的种子接收到阳光的信号迅速发芽挺出，地上的幼苗则会马上终止休眠恢复生长状态。向上，向上，争分夺秒地不断向上，直到有一天长出参天的身材来"一览众树小"。

"时人不识凌云木，直待凌云始道高。"事实上，成材、成器和成功从来都不是一步就能轻松到位的事情，而在此之前的善于等待无疑就是一种拥有强大内心的体现。只有心强大，生命的光焰才会长明不熄并最终把梦想的天空照亮。

在"暗无天日"的逆境丛林中，存一份憧憬的火种在心中，以卓绝的等待作法宝与严酷的岁月对峙。不急躁，不气馁，更不放弃，在等待中不懈坚持，在坚持中默默等待，等待阳光的照入，等待机会的到来，身怀不俗志向的巴西坚果树终于一展身姿之伟岸，创造出生物圈一个个高端凌云的新传奇！

沐雾拟步行虫没有困境

位于纳米比亚和安哥拉两国境内的纳米布沙漠是世界上最古老和最干旱的沙漠之一。

说其古老，是因为单是在高度可达200米的沙丘之下就有着一百万多年前形成的砾石岩层，而实际上纳米布沙漠已有上亿年的历史；言其干旱，则是由于这里特别是沿海区域的降水量通常不足25毫米，水资源严重匮乏。

水是生命的源泉，干旱是身处其中的每一个生命体都必须面对的严峻挑战。然而，就是在这种极度干旱的严酷环境中，仍有一些生物顽强地生存和繁衍了下来。比如，茎部极短、根部极长，终生只长两片带状的叶子，靠叶片上的气孔来获取空气中的水分而寿命却可达两千年的千岁兰；又比如坚硬扁平、身长约2厘米的一种学名叫作"沐雾拟步行虫"的黑色小甲虫。

纳米布沙漠沿着非洲西南的大西洋海岸一路延伸，向北移动的寒冷的本吉拉洋流使其上部空气中的水蒸气冷却而液化成了雾气。气温低下的夜间，形成于洋面上的风会把潮湿的雾气吹向陆地，有时候可以长驱深入内陆50公里之遥。

飘着薄雾的夜间，太阳还没有在东方升起，沐雾拟步行虫就早早地爬

到了高高的沙坡的迎风面上。它们一例是头部朝下，尾部朝上，集体"摆pose（姿势）"。当然，它们并不是真的在"摆pose"，而是以这种独特而实用的姿势来喝水呢！

随着时间的推移，薄雾中携带的水汽会在沐雾拟步行虫坚硬的、有着超级亲水纹理的翅鞘隆起处越积越多，这些水汽逐渐凝结成小水珠，并在重力的作用下顺着翅鞘上面固有的防水沟槽汇聚成较大的水珠。这些较大的水珠继续汇聚，最终通过沐雾拟步行虫的前足准确而丝毫都不浪费地导引到它们的嘴中。有时候，沐雾拟步行虫一夜之间就可以收集到相当于其自身体重约40%的水量。

这是沐雾拟步行虫一天中唯一的一段饮水时间，当太阳升起，热力扩散，雾气消失，这些小甲虫就会停止水分收集"工作"，而到特别炎热之时则会转移到沙面以下凉爽的地带以躲避酷热的袭击。待到下一个凉爽的夜间至清晨，它们还会早早"起床"，全体出动，爬上沙坡继续做同样的"自我灌溉的功课"，以此来为生命的延续提供水源上的保障。

困境并不可怕，可怕的是泯灭了摆脱困境的勇气，从而丧失了打破困境的可能。在纳米布沙漠中顽强生存的沐雾拟步行虫以及千岁兰启示我们：境由心造，而在适者和强者的眼中，世界上从来就没有真正的困境，因为总有一个出口等待你我去移步发现，总有一条道路指向生存和美好的方向。

我们都是特种兵

　　特种兵，即在各种严酷恶劣的环境下都具有极强战斗力的特殊士兵，他们个个是陆地猛虎、水中蛟龙和空中雄鹰，拥有让人敬佩和叹服的精神核能。在动物界，这种具备超越常规能力的"特种兵"也是有的，它们用自己的生存绝技向我们展示着生命世界多姿多彩的同时，也以其"特别能吃苦，特别能战斗"的精神让我们不断获得新的励志之源。

　　等等，老兄，你是说在陆地上奔跑的兔子也学会游泳了？拜托，不要开这种天方夜谭式的玩笑好吗？这真的不是玩笑，在路易斯安那海湾，就生活着一种会游泳的兔子——沼泽兔，这种兔子除了有着一身土黄色的绒毛作为保护色外，还特别擅长"非武装泅渡"以躲避捕食者的猎杀，堪称"两栖神兔"。

　　"黄梅时节家家雨，青草池塘处处蛙。"虽然雨水充沛的地方最是"养蛙"，但黄沙大漠之中也有蛙类踪迹的存在。非洲西南部大西洋沿岸的纳米布沙漠是全球最热、最干旱的地区之一，在这里就生活着一种超耐旱的蛙，其名为"短头蛙"。整个白天，短头蛙都潜伏在沙面以下的洞穴里，以避开上面毒辣的阳光和炙烤的干热。待到日落时分，短头蛙就会从洞中钻出来活动，从它们身边路过的白蚁为它们提供了必要的食物和难得的水分。

蜥蜴作为爬行动物在地面上做飞速奔行是可以理解和想象的，但若在地下做快速运动就有点儿不可思议了。这种蜥蜴中的特种兵叫砂鱼蜥，躲避炎热保存体力、面对强敌战略撤退和接近猎物主动出击等日常作战任务的实现靠的都是它的看家本事——神奇的"沙遁术"。砂鱼蜥的嘴很小，头部如同一柄尖铲，是潜入沙中的"金刚钻头"，而行进时肢体的缩拢则尽可能地减少了阻力，这些都为其沙遁提供了可能；砂鱼蜥鼻孔内部的特别构造有效防止运动时沙粒进入肺部，这为其沙遁消除了顾虑。于是，砂鱼蜥可以轻松地在沙面30厘米以下甚至更深处实现"逍遥游"，我们是否可以叫它"沙行孙"呢？

鬣蜥本是生存于陆地上的一种大型爬行动物，但生活在加拉帕戈斯群岛上的鬣蜥在特殊的海岛境况下，已经修炼成具有很强海况适应能力的海鬣蜥。它们是名副其实的海上健将，冲浪、潜水、海底觅食，无一样不在行。此外，在高盐环境中生存，海鬣蜥还练就了一种神奇的排盐功夫，它们体内的腺体能够提取血液中超标的盐分，然后通过鼻孔以打喷嚏的方式将其喷射出来，从而有效保障了身体各项机能的正常运转。

"酒足饭饱"之后卧于丛林粗壮树枝上的花豹常常给人一种优雅闲适的感觉，但喜马拉雅山脉高寒地区的岩栖性动物雪豹看上去则要沧桑许多。一身长毛和长毛下细密的底绒是雪豹对抗冷风酷寒的重要装备。值得一提的是，雪豹已经把兽毛武装到了脚掌，它的脚垫及各个脚垫间生有一簇簇的毛，这让它在冰天雪地中既抗冻又防滑。另外，它的粗大的尾巴使其于山岩陡坡上捕猎跳跃、施展空中转弯之特技时变得更加随心所欲。

与雪豹一样生活在高山裸岩地带的岩羊也是极端环境的超级适应者。岩羊的轻功甚是了得，不仅一跳可达两三米，而且即使从十余米的高处跳下去也会有惊无险。岩羊的攀爬术同样不可小觑，只要有一个小小的容足之地，它便能继续向上攀登。当食物匮乏的冬季来临，岩羊主要以啃食枯草为生，有时还会舔食冰雪来充饥解渴，是无比顽强的品质让它们誓不悲

观，决不言弃。

一年两次穿越喜马拉雅山脉之巅的"超级飞行员"斑头雁要挑战的是海拔9000米的高寒之旅。斑头雁通过翅膀的拍打带动胸腔的扩张和收缩，将空气最大限度地吸入气囊内，气囊再把空气压入肺中。以网络状密布的血管以及血红蛋白分子结构中对氧原子结合力特强的氨基酸，让斑头雁从稀薄的空气中提取到足够用于支撑远程持续飞行所需的生命之氧。此外，隔热性能极佳的内层羽毛以及防水进而防冻的外层羽毛，让它在高原零下55摄氏度的低温下依然保持活力，照飞不误。

不要轻易地去抱怨生不逢时和生不逢地，不妨就先从改变自己开始，改变视角，调整心态，磨炼意志，增强本领，不知不觉中你会发现，自己已经成为一名在特定领域具备特战能力的"特种兵"。

愤怒的小鸟

人说"小鸟依人"，但愤怒的小鸟则另当别论，因为安全、主权和领土完整都是不容商量的内容。

于是，田鸫愤怒了。

田鸫是一种喜欢在林地或旷野群体生活的鸟。其身长可达26厘米，体形不算大，然而当有外者侵入它们的领地时，田鸫却表现得凶悍异常。最先发现异况的鸟会通过尖厉的叫声迅速告诉同伴们提高警惕并做好战斗准备。很快，在一阵声势浩大的讨伐声中，一只只田鸫展开翅膀分批次迅猛地向来犯者发动袭击。如果来的是猛禽，它们还会飞到它的上空"投掷"精确"制导"的粪便"炸弹"，单是这些"重磅炸弹"就足以使对手狼狈不堪落荒而逃。

于是，小管鼻鹱愤怒了。

与田鸫相似，小管鼻鹱对付外敌时使用的武器也是"炸弹"，只不过它的"炸弹"却是从口中喷出的。

管鼻鹱是一种海洋鸟类，成鸟多选择在高耸悬崖上建巢以躲避地上猛兽的袭击。成年管鼻鹱远离海岸线外出捕食往往数个小时才能归来，在这相对漫长的时间里，巢中的小管鼻鹱只能凭一己之力来对付来自空中的威胁。小管鼻鹱的胃中能分泌形成一种带有腥味的油性混合物，当空中强敌

进入它的有效攻击范围时，胃中"臭油"就会脱口而出，精准地喷射到对方的羽毛上。这种混合物对羽毛有着极大的破坏作用，可以使对方体温下降甚至最终溺水而死。遇此窘况，自顾尚且不暇的袭击者的阴谋自是不会轻易得逞。

于是，雪鸮和欧石鸻也愤怒了。

与前面提到的田鹬和小管鼻鹱不同，这两位被激怒者撑起的保护伞不仅保护了自己的幼雏，还顺便为邻居提供了相当的安全保障。

在北极苔原上生活的雪鸮是一个天不怕地不怕的硬汉子，若有北极狼群来到它们的巢穴附近，护雏心切的雪鸮会毫不犹豫地发起进攻。一次次的猛烈俯冲，一次次的短兵相接，不堪恫吓、满心疲惫的狼群最终只能选择逃离，难怪相对弱小的北极狐特别钟情于雪鸮来做自己的邻居。

尼罗鳄虽然号称一方霸主，但它埋于沙子中的蛋却常常遭到不速之客的偷袭。为了防止自己可达60枚蛋规模的巢穴被贪婪的巨蜥在顷刻间捣毁，尼罗鳄常把巢穴建在欧石鸻鸟巢的附近。欧石鸻是一种喜欢在水边沙滩上下蛋育雏的小鸟，尼罗鳄在水中游弋时，它的小邻居欧石鸻就会承担起保护鳄鱼蛋的任务。只要巨蜥踩过欧石鸻划定的警戒线，这种攻击力极强的小鸟就会拼命地扇动翅膀猛啄侵犯者。若干回合之后，难忍猛烈空中打击之苦的盗蛋贼只好悻悻地选择掉头而逃。不仅是鳄鱼蛋，刚刚从蛋壳中孵化出来的小鳄鱼宝宝也往往要仰仗欧石鸻所提供的保护伞，才能免遭被巨蜥吞食之厄运。

大敌当前从不畏惧，原则问题决不让步，因为我是一只愤怒的小鸟！

极致的安第斯蜂鸟

安第斯山脉纵贯南美洲的西部，南北绵延8900多公里，号称地球上最长的山脉。

和世界上许多高山一样，安第斯山脉的不少地方环境恶劣，特别是高海拔的地区，那里不仅空气稀薄，而且由于稀薄的空气很难留住白昼太阳辐射的热量，夜间温度会降到一个很低的值。每一种在这里"混"的动植物都要面临着很大的生存考验，比如，在山脉草地上生长的一种叫作普椰的凤梨科植物；比如，和普椰有着密切关系的安第斯蜂鸟。

普椰的寿命可达数年之久，在普椰行将枯萎之前，它会释放几年来植株内积聚的生命活力，怒放出花冠高达5米的大型花朵，以此来为下一轮的荣枯做准备。

普椰的花朵里充满了极具诱惑力的花蜜，然而，由于这里海拔太高，空气密度小，含氧量低，再加上气候寒冷，不仅身体单薄的飞虫无法振翅到达，就连一般的飞鸟也不能鼓翼而来。在这一生只有一次的灿烂而宝贵的花期里，普椰等待的真正"靠谱"的传粉使者只有一个——安第斯蜂鸟。

于是，在白天准确捕获到花朵盛开信息的安第斯蜂鸟飞来了！

要知道，这种羽毛华美、形体可爱的小精灵已经在夜间靠近乎冬眠的方式，与滴水成冰式的无边酷寒进行了数个小时的抗争。它们靠降低自身

新陈代谢的速度，硬是把自己的体温由38摄氏度降到了14摄氏度。这一种对环境的超级适应能力，在鸟类中特别是对新陈代谢速度可达人的50倍的蜂鸟家族而言，是十分神奇和罕见的。

值得一提的是，与其他地区和其他种类的蜂鸟采用的以消耗大量体力为代价的高频拍翅式的常规采蜜方法不同，安第斯蜂鸟练就了一项"绝活"，那就是可以攀附在普椰的花冠上采食花蜜。这一绝活无疑有效降低了能量的消耗，节约了"工作"的成本，从而大大提升了安第斯蜂鸟对高寒环境的适应能力。

就是这样，凭着特别能抗寒、特别能飞行和"特别会采蜜"的高超本领，在蜜汁多多的普椰花冠上，安第斯蜂鸟"旁若无人"般尽情而安心地享用到了其他虫鸟难以得到的美味。

物竞天择，万物皆在"天"的挑选规则之下。安第斯蜂鸟的成功哲学启示我们，不要轻易地抱怨命运的不公，也不要动辄慨叹竞争的激烈，如果自己的本事还没有像安第斯蜂鸟那样优秀到不可替代的话。

狼性和狗性

天地间有一种生灵，狡猾，强悍，有极强的生存适应能力，有严密的组织和严格的纪律，传说每逢月圆之夜就会站在山顶上仰头而嗥，声音凄厉远播，极具威慑力。

没错，它就是让人都敬畏的动物——狼。一万多年前，比狼更为智慧和强悍的人类祖先做出了一个重要决定，他们尝试着在猎捕来的狼中择其幼崽留下来加以驯化，逐渐把它们培养成了人们外出狩猎时的得力助手——猎犬。嗅觉灵敏、骁勇善战的猎犬加入战斗序列，捕猎的成功率和收获量都得以成倍地增长。

猎犬在依附于人的同时也分得战利中的一杯美羹，猎犬与人各尽其能，各取所需，配合很是默契。

后来，随着人类活动范围的扩大，特别是进入农耕文明之后，狩猎在人们日常生活中的地位由主导降为次要，甚至是可有可无。此时，不少失去与人并肩作战机会的猎犬又进行了一次角色大转型，变身为看门护院的家犬。

主人的财产安全得到了保障，家犬也因此安享主人剩余的羹饭。二者从表面上看起来似乎依然是一种互利共赢的关系，只不过犬对人的依赖性明显增强，与之对应的是其地位的大幅下降，脖子上系着的一条冰凉的锁

链已经清楚地说明了一切。还好，日子虽平淡倒也安逸，闲着没事捉只耗子居然也被解读为多管闲事。无事时就趴在安乐窝里大睡特睡吧，反正是不在其位不操其心，只要有饭吃就行，只要主人不嫌弃就行。

文明仍在一刻不停地向前推进，特别是工业文明和后工业文明时代的来临，人类的物质生活空前丰富，而精神层面的寂寞却日渐突出。在这种社会大背景下，部分家犬从锁链中解放了出来，被培养成供人逗趣解闷的宠物狗。平日里被宠着、爱着，专门的狗窝养着，精细的狗粮喂着，不仅风雨无忧，还可以披上华丽时尚的服装，吹上空调的冷暖风，享受指数可谓史无前例。为了保住现有的受宠级别，这些狗狗不惜摇尾取宠与人亲昵到肉麻，再也觅不到其祖先狼的半点儿影子了。

情况也有例外。家犬第一次随人类登陆澳大利亚后，其中有一些脱离了人类的监管流浪到荒野成了野狗。断了依赖人类和受施舍的念想，为了生存它们全力以赴四处捕食，其食谱相当广泛，鼠类、蜥蜴、野兔甚至飞禽都在其攻击范围之内，尤其是在捕食野兔的过程中很有策略和技巧。不再有人为因素的强行介入，澳大利亚野狗身上的狼性基因逐渐地显露了出来，不仅大秀锋利犬齿和捕杀绝技，就连叫声也变成了向天的狼嗥！祖先的尊严和荣耀终于在很大程度上被找了回来。

狼性和狗性，像极了生存状态的两端——独立与依赖，强悍与懦弱，奋斗与安乐。变或不变，把生命的指针调到什么样的位置和方向，就看打算握住一个什么样的现在和许给自己一个什么样的未来。

"枯鱼"不哭

　　距今三亿多年前的泥盆纪中期，一种除了用腮还能以鳔代肺进行呼吸的新新鱼类亮相地球生物圈，它们就是今天非洲肺鱼的时空远祖。

　　当非洲大陆南部漫长的旱季来临，天气燥热，河水消逝，不少动物特别是水生动物因为断水而相继死去。然而，肺鱼却是一个幸运的例外。离开水的肺鱼虽然无法继续通过腮部静脉从水中吸取氧气，但它依靠自己的一对"肺"可以直接从干燥的空气中获得生命之氧。生物学家告诉我们，肺鱼的鳔可以像肺一样鼓动，并且里面密布着血管网和螺旋瓣，其生理构造具备肺的功能，此外还有鳔管与食道相连，如此就保证了在离水状态下也能与外界进行气体交换。

　　当然，仅此还不能做到长久。河床干裂，无水可游，为了避开强紫外线的直接辐射和远离干旱的致命威胁，非洲肺鱼表现出自己作为一名挖洞能手的一面。它用嘴吞咽泥土挖出一点儿地下空间，然后把吞进去的泥土从腮的下部排出来，如此反复作业，直到一个可以隐身的洞穴建造成功。

　　洞穴挖好后，躺在阴暗地带的肺鱼将身体蜷曲到几乎头尾相触的程度，此时的皮肤开始分泌一种覆盖周身的黏稠状液体。当这种分泌物被风干后就形成一层密封身体的隔热保护膜，仅在嘴的前方留些许通风孔以保持其最低限度的呼吸畅通，从而安全有效地把自己和外部世界隔绝开来。

任你阳光毒辣，我自安居逍遥，河床上的淤泥层为肺鱼提供了一个不错的避难之所，肺鱼在自己"动嘴"建造的泥洞中可以住上好几个月，直到下一次的喜雨天降，百川灌河。

如果情况进一步地恶化下去，肺鱼还会使出它的生存绝招——让自己处于休眠状态。处于此状态下的肺鱼几乎停止了一切新陈代谢活动，这对于其保存体能抗争环境十分重要，尤其是到了休眠期的最后关口，它甚至会以消耗自身肌肉的方式来尽可能地增加生命的长度，让自己有机会坚持到水流到来的激动一刻。

如果事情变得更糟糕一些，肺鱼还可能要有一段奇特的旅行。把土定形后做成的土坯是当地人建筑房屋的主要材料，而表面上干涸的河床则是最佳的取材地。常常是，一些正处于休眠中的肺鱼在"酣梦"中被人无端地制成土坯成为墙体的一部分。在这种情况下，只要外面的保护膜完好无损，肺鱼仍然能够静静地待在墙体之中听屋子主人制造的锅碗瓢盆声四年之久。生命就这样在静止中无声而倔强地接力着，四年之内只要出现转机，得水的肺鱼就能在短短几分钟之内苏醒过来活跃如初。

"枯鱼"不枯，逆境和绝境中的非洲肺鱼不会抛弃生的希望，不会放弃活的努力，用意志拒绝枯萎，用勇气迎接挑战，于是它们成功地等来了一次又一次新生，穿越了一个又一个旱季。河床下和墙体中的肺鱼用一颗坚持的心创造了自然界一段关于生命卓绝抗争的传奇。

"枯鱼"不枯，大海有尽头，苦难亦有边界，像适应各种严酷环境的特种兵一样，非洲肺鱼无疑是一种具有超强困境应对能力的特种鱼，以其特别的结构、特别的耐力和前行受挫时特别值得你我学习的坚强，从神秘远古一路安然地游到现在并游向未来。

猎豹的275米路

似闪电，如疾风，若响箭，驰骋在非洲开阔大草原上的猎豹是全生物圈公认的陆地动物短跑冠军。

猎豹在全速奔跑时，不仅两条后腿能够自如地伸到前腿的前面从而加大步幅，而且每秒能跑出三步半的路程，而其四足同时离地的精彩瞬间更是让人叹为观止。

小而圆的脑袋，细而长的四肢，瘦削而富有流线感的身材，易弯曲、灵活且带弹性的脊椎，只能收缩一半、似跑鞋鞋钉的利爪，如船舵般在狂奔特别是急速转向时起重要平衡作用的尾巴等诸多生理结构特征成就了它"闪电侠"的美名。

猎豹有着极强的爆发力，在它发足追击其常规猎物——瞪羚时，在不到3秒内就可以从静止加速到100公里的时速，而它的最高时速可达115公里，这是其他陆地动物所难以望其项背的。然而，以如此之高的速度飞奔迫使它的呼吸系统和循环系统要进行超负荷运转（呼吸频率达到每分钟150次）来满足并维持它瞬间快速位移的需求，这对于同是血肉之躯的猎豹而言，无疑是一个极大的挑战和考验。

猎豹在飞速奔跑的过程中，其肌肉将有四分之三的能量用于产生热量，这是处于安静状态时的6倍，而这些累积在身体内的热量需等到追击终止时才能得到有效释放。随着追击时间的累积，肌肉热度会持续升高，体温也会随之升高，一旦超过了忍耐极限，脑部损伤、虚脱甚至死亡等严重后果都有可能发生，这就决定了它在奔跑大概275米之后必须强迫自己把速度降下来。这时候它的大鼻孔能迅速摄入大量的氧气，帮助它尽快地恢复部分耗损的体力以增大"内存"，但要想再次捕食还需"缓冲"上一段时间。

虽然瞪羚的最高时速不及猎豹，但前者却具备连续逃亡一小时的惊人耐力，这是后者受生理特征所限而无法拔高的短板。于是，我们常常从媒体画面中看到这样的一幕：在瞪羚身后不远处一路追击、似乎马上就可得手的猎豹又突然自行减速选择了放弃。

此外，猎豹追击猎物的运动已经超过了无氧运动的强度，这还会导致体内无法在短时间内分解成水和二氧化碳的乳酸在肌肉中不可避免地堆积，一般情况下，这些乳酸需要在停下来休整20分钟之后才能全部消除掉。

为了让自己能在这短短的275米之内捕获猎物，猎豹不仅要仔细挑选适合的猎物，还要在发动攻击之前尽可能地缩短与猎物的距离（最大距离不能超过30米），并以突袭的方式确保较高的狩猎成功率。

鲸泳四洋而不游于浅滩，虎踞山林而不落于平阳。生物在拥有自己竞争优势的同时，也有其自身存在的劣势。换句话说，每一种生物的优势都只是在一定条件范围之内的优势，一旦超出了这一范围，优势就将不复存在甚至马上转化成劣势。于是，正如猎豹要跑好自己的275米一样，利用或创造条件来发挥优势取得成功就成了生存所必须要懂得和运用好的智慧。

当然，如何不断地拓展自己的优势范围，从而实现由"275米以内"向一个个更高的新数量级扩大，则一直是并将继续是作为"万物之灵长"的人类未来战略谋划与发展的一个重要课题。

骆驼之抗沙装备连连看

大漠绝人迹，骆驼逍遥行。

穿行于瀚海中的骆驼是以酷热、干燥、贫瘠等为特征的沙漠极端环境中的成功生存者。不仅如此，它们还曾一度成为人类主要的沙漠运输工具，素有"沙漠之舟"的美誉，这一切都源于其有一套高效运作的抗沙"装备"。

骆驼是一种极不挑食的动物，陆地上近80%的植物都在其食谱范围之内，即使是一些看起来十分坚硬的东西，也会在其反复咀嚼和消化液的强力作用下转换成可以吸收的汤汁。骆驼的反刍能力惊人，它的脸颊内侧密集分布着手指状的指向后侧的突起。这些突起的作用是留住食物，特别是能留住从胃里反刍上来的食物以便进行再次咀嚼，其反刍次数可以高达五十次之多，从而最大限度地对食物进行吸收和利用。

骆驼不仅是高效利用的专家，还是节能减排的高手。骆驼的腿部有着发达的跟腱结构，这些跟腱如同橡皮筋一样弹力十足，大大削减了其长途跋涉时所耗费的能量。瘦死的骆驼比马大，而骆驼的膀胱相对于其庞大的身躯来说就显得很小了，骆驼排泄出的尿液量也很小，并且其中所含水分极少。许多条小管汇聚到肾脏的中心部位，使肾脏具有强大的过滤功能，尽可能地回收尿液中的每一滴水。超凡的减排能力使骆驼在一次喝下一百升水的情况下可以行走一百公里的路程，即使不喝水也能生存很长的一段时间。

此外，作为骆驼的标志性部位的驼峰是其最重要的战略储备基地。驼峰部位的皮肤有一厘米的厚度，里面是被脂肪化了的细胞组织，为骆驼在非常时期提供着能量上的补给和保障。这些脂肪具有很好的隔热能力，而把脂肪汇聚于一处而不是遍布周身，正是为了方便其他部位能更好地散热，堪称一大科学布局。

骆驼自身的降温制冷机制远不限于此。当骆驼休息时采用的是跪地姿势，带着厚厚老茧、可以耐得住高温侵袭的胸椎骨平稳着地起着重要的支撑作用。这样一来，整个胸腔就得以远离地面免受流沙灼烫之苦，同时，四肢与胸椎骨支起的空间会有气流通过，也发挥了一定的降温效能。

最让人称奇的是骆驼保护其大脑的策略。骆驼的鼻甲很大，横截面呈卷轴状（或称洋葱圈状）结构，由一层膜覆盖着的薄骨构成，里面充满了血管并一直延伸到头骨的后面。鼻甲不仅表面积很大，而且表面很潮湿，伴随着呼吸作用水分蒸发，覆盖鼻甲的血管得以冷却并形成相对凉爽的空气，这些凉爽空气在头骨深处与从心脏输送上来的高温血液相遇，并通过更为细小的血管实现了冷与热的交换，于是相对低温的血液流向大脑，保证了大脑的良好工作状态。

高效利用、节能减排、资源储备和降温制冷，当人类还在把这些理念作为攻关课题而不懈努力时，骆驼却早已把它们化作技术成果并全部装备到位，这或许就是骆驼带给我们人类的最大震撼吧。

你不能放弃飞翔

　　太平洋上的加拉帕戈斯群岛是作为达尔文著作《物种起源》的思想发源地而闻名于世的，而全球唯一一种不会飞翔的鸬鹚就分布在这些神奇的岛屿之上。

　　谁也不知道这种鸬鹚最初是怎样迎风逐浪飞到这里来的，但大凡见过它们模样的人心里都明白，如今的它们早已丧失了飞翔的能力。的确，这些被遗忘在孤岛上的鸬鹚翅膀严重地发育不全，完全没有翱翔天空的飞禽那样完备精良的羽翼，倒是与济公手中的破扇子颇有几分形似。配备如此简陋的"装备"，它们注定是永远无法飞上蓝天，其翅膀充其量也只能在水中捕鱼时起到保温作用。

　　据科学家考证，这些鸬鹚的先祖的翅膀也和生物圈其他地域的同类一样完整有力，大约几十万年至一百万年前，它们无意中来到了这些孤岛上并很快被周边异常丰富的食物所吸引，于是决定在这里定居下来。下水捕食美味的鱼，吃饱后回到岸上打打盹，发发呆，享受一下日光浴，日子过得舒心闲适。渐渐地，几乎已无用武之地的翅膀就退化成了今天的样子。

　　无独有偶，新喀里多尼亚岛上的鹭鹤也是一种丧失飞行能力的鸟。在这座没有任何竞争对手的安乐岛上，栖息于山区密林之中的鹭鹤只需在地上落叶中就能寻觅到足够的美食。长期在路上奔走而疏于飞行，它们的体形早已不符合空气动力学特征，变得又矮又胖，看上去很是"发福"。

在这些没有天敌对手存在、食物充足无忧的岛屿上，飞行于鸬鹚和鹭鹤而言似乎早已变成了一件无关紧要的事情。然而，我们不能忘记，公元1681年，印度洋毛里求斯岛上最后一只渡渡鸟被残忍地杀害，从此这种身体肥胖、翅膀短小、不会飞翔的笨鸟退出了生物界的竞技舞台在地球上彻底消失。牛津大学保存着一个渡渡鸟的头和脚，而大英博物馆里只保存着一只脚。没有锋利的牙齿作威慑，没有坚硬的盔甲作护体，没有超强的机动灵活性作安全保障，更没有有力的翅膀作逃命的法宝，自身防御系统存在巨大漏洞却毫无忧患意识和有效措施，一旦有外敌登陆自然难逃灭顶的灾难。也许在不久的将来，孤岛上的这些鸬鹚和鹭鹤也会重蹈渡渡鸟的覆辙，as dead as a dodo（死得和渡渡鸟一样），只留下陈列于博物馆中供人们空自叹惋的标本。

你不能放弃飞翔，即使没有对手的威胁和竞争，即使没有季节更换造成的"被迁徙"，即使没有食物匮乏带来的窘况，即使飞翔一事在一定的时空里看来并没有多大的实际意义。

毋庸置疑，展翅飞翔是一件很费力的事情；同样毋庸置疑的是，以平安岛主自居而放弃上进更是一种鄙陋而短视的行为。如此下去，潜在的危机势必演变成可怕的现实，一种不容喘气即宣告终结的现实。

事实一再证明，肥胖了身体就难免会瘦弱了战力。很多时候，安逸的薄雾比满天的风雨更难穿越和战胜。古往今来，有多少人英勇无畏地在风刀雨箭中昂首挺过，却随后又倒在慵懒的安乐窝里葬送了昨天的荣耀，也毁掉了明天的美好。

请鼓动被温柔的雾气打湿的羽翼，为了前方一路铺开的愿景，你不能残忍地剥夺自己载着阳光飞向云天的权利。

"恰到"在前，"好处"在后

北美丛林的秋季，一阵连续的嘟嘟声打破了四周的沉寂，一只啄木鸟正攀在一段枯树干上用它那"破木神喙"凿洞呢。

与以往不同，这一次它不是为了啄出树干中的害虫来美餐一顿，而是在制造过冬储备食物的"粮仓"。

一洞一橡果，待一个个分布密集的小洞被成功地开凿出来后，啄木鸟就把衔来的一枚枚橡果嵌入其中。这些小洞可不是随意凿出来的，它的容积必须大小适当才行。如果洞凿得小了一些，被嵌入其中的橡果就会出现开裂现象，水汽也随之进入里面，最终导致的结果是果实无法在冬日享用，空忙一场。如果洞凿得大了一些，一来里面的橡果随时都有可能掉落到地面上，二来还很容易被松鼠等"小偷"捡了便宜轻易取走，仍然是徒劳无功。只有那些啄得恰恰好的小洞才能真正成为啄木鸟度过漫长冬季的可靠的食物基地。

同样是在北美丛林中，还生活着一种如燕子般通晓衔泥筑巢之术的小鸟——五子雀，只不过后者并非如前者那样白手起家，而是选择了一种相对而言更为省力的方式——改造旧巢。

丛林危机四伏，隐蔽性好的树洞无疑为鸟雀特别是自卫能力差的雏鸟提供了重要的安全保障。一般情况下，这些树洞的原创作者都是头部安装

了"减震器"的啄木鸟。而当一些树洞被啄木鸟遗弃不用后，五子雀等其他鸟类就"只好"把洞穴据为己有了。

然而，五子雀的体形要比啄木鸟小巧许多，这就意味着"前任洞主"的洞门显得太大了，从而无法阻止一些具有危险性的大鸟发起的入洞袭击。于是，为了安全起见，五子雀开始了对旧洞的改造修缮工程，它会像燕子一样衔来泥巴，然后从最外层开始一圈一圈地将洞门越筑越小，直到自己刚刚能钻进去为止。这时候，五子雀终于可以在树洞中安心地孵蛋育雏了。

火候不到往往不能真正地解决问题，正所谓"功亏一篑"；火候太过则可能会出现新的状况，正所谓"过犹不及"。凡事以适当、适度、适宜和适合为佳，因为只有"恰到"在前，才会有"好处"在后，在这一方面，凿洞储粮的啄木鸟和修缮洞门的五子雀无疑都有着相同的生存智慧。

沙漠生存有绝招

沙漠，以高温酷热、干旱缺水为主要特征，无疑是地球上最严酷的地域之一。然而，总有一些深谙沙漠规则的生灵顽强而蓬勃地生存了下来。

正午时分，沙面灼热，沙漠蜥蜴在外出觅食期间会选择轮流把一部分腿抬起、以另一部分腿继续支撑身体的方式来避免脚掌被烫伤的后果。

出手迅猛、毒性超强的沙漠角蝰喜欢隐身在沙面之下不太深的地方，一方面可以躲避来自骄阳的炙烤，另一方面还可以伺机捕获途经此地的猎物，它的体表所覆盖的黄色鳞片与周围环境融为一体，让"过路者"很难辨识。

沙漠响尾蛇则多为昼伏夜出型。白天潜伏起来以避开难耐的高温，黄昏时分爬出来吸收太阳余晖的能量，这些能量将为它在夜间捕食提供动力上的重要保障。

相较而言，生活在美国加利福尼亚州的地松鼠算是"一条好汉"，即使烈日当头也从不畏缩。它的法宝是那一条蓬松的大尾巴。大尾巴翘起来，就相当于为自己撑起了一把遮阳伞，于是"伞"下的地松鼠照样觅食不误。

要在广袤沙漠中"混"，不仅要有应对高温酷热的策略，还必须具备

应对干旱缺水的本事。

非洲纳米布沙漠中有一种神奇的小甲虫，每天清早太阳还未升起它就早已出现在沙面上。在倾斜的沙面上它摆出了一个头尾倒置的"pose"，它在收集从西海岸吹来的雾气而形成的露珠，最终那些凝结在它身上的露珠流到了这种小甲虫的口中。

澳大利亚沙漠中的魔蜥可以几年不喝水，它的身体所需的水分主要来自于它的食物——黑蚂蚁。不过，它也不会拒绝任何一次饮水的机会，而且即使是小小的露珠它也不会错过。魔蜥的皮肤可以像一块海绵那样具有极强的吸水能力，水分由皮肤渗入，再经毛细血管网一路导引，最终到达嘴部。

面对旷日持久的干旱，有一些沙漠动物选择了蛰伏。

生活在非洲南部的仙女虾最是让人惊叹。比沙粒还要个小的仙女虾虾卵不仅有着坚韧的外壳作保护，其胚胎细胞还被一层隔热膜保护着，如此一来，虾卵不但能经受得住沸水的蒸煮，而且能默默等待一万年。只要雨季来临水洼出现，仙女虾就会迅速孵化出新的活泼泼的生命来。

当外部环境无法改变，就改变自己以适应环境。正所谓"沙漠严酷，我有绝招"，于是，无边瀚海也就有了一道道奇特而可敬的景观。

"蛙"行天下有绝学

"黄梅时节家家雨，青草池塘处处蛙。"

蛙无爪牙之利、筋骨之强，但却是分布极为广泛的一种两栖动物。蛙的踪迹不止气候宜人的温带有，高寒地区也有，比如中国长白山可以遍体冰冻数月之长的林蛙；沙漠地区也有，比如澳大利亚中部可以休眠七年之久的沙漠蛙。

特别值得一提的是，在漫长的生物进化过程中，一些生活在安全环境相对较差地域的蛙类逐渐形成了一套具有自己"style（风格）"的御敌本领。

或橘红，或钴蓝，或柠檬黄，或其他鲜艳的颜色，生活在中美洲的草莓箭毒蛙以其一身异常醒目的警戒态让捕食者望而却步。箭毒蛙的皮肤带有毒素，并且气味很是难闻，这就是它让那些"居心叵测者"被迫与其保持距离、只能"动心"而不能"动嘴"的法宝。其中，草莓箭毒蛙是箭毒蛙家族中的一大明星，当地的土著人曾把草莓箭毒蛙的毒液涂在箭头上用于捕获猎物，且草莓箭毒蛙中不少个体有着如草莓般的体色，这正是它名字的由来。

相较于"用毒专家"草莓箭毒蛙，有一类蛙的本事则更能体现蛙之本色。在坦桑尼亚塔拉哥尔国家公园等地栖息的非洲牛蛙，在遇上天敌时，会

立刻运起"昆仑派绝学之蛤蟆功"，把自己的肚皮充足了气，使身体瞬间增大两倍，这样一来诸如锤头鹳等天敌因无法吞咽而最终不得不选择放弃。

不做"小毒物"，也不练"蛤蟆功"，生活在马达加斯加岛东岸的番茄蛙另有一身防卫术。番茄蛙全身有着熟透了的番茄般鲜红的颜色，十分好看，但它可不是能够随便触碰的小宠物或"小点心"。当遭遇敌人吞食，番茄蛙的皮肤会分泌一层黏稠状的白色胶质物，这种胶质物会让吞食者的舌头、体表等部位出现烧灼感等强烈的不适症状。在万般无奈之下，吞食者只好把到嘴的美味完好无损地呕吐出来，而番茄蛙也借此得以化险为夷。

枯叶蛙和玻璃蛙都是精通"障眼法"的高手，但具体策略又有所不同。

在墨西哥塔巴斯科州浅河中生存的枯叶蛙，外形酷似一片干枯凋零的树叶。枯叶蛙常常潜伏在河底的石块与落叶之间，因与外部环境很好地融为一体而难以辨识。处于隐身状态的枯叶蛙既可以有效避免被贪婪的猎手盯上，又可以以迅雷不及掩耳之势把从自己上方游过的小鲦鱼吞入腹中美餐一顿。

委内瑞拉等南美雨林中有一种十分可爱的小精灵——玻璃蛙。玻璃蛙的背部皮肤为灰绿色，而腹部皮肤几乎没有色素，呈现出玻璃般的半透明效果，体内的骨骼、肌肉和内脏清晰可见。当玻璃蛙栖身于一片绿叶上时，捕食者很难辨认出它所在的具体位置。而即使是玻璃蛙移动时，背景色彩也能穿透它的透明皮肤，从而使它的体色看起来总能与周边环境保持一致，同样地不易引起注意。

抱怨悲观无用处，适应才是硬道理。警戒态、"蛤蟆功"、呕吐术、障眼法以及冰冻术和休眠术，不同地域的不同蛙类身怀不同却同样行之有效的生存绝学，遂有生物圈一道景观——"蛙"行天下。

万年"奇葩"叉角羚

　　非牛，非羊，非鹿；一科，一属，一种。哺乳纲偶蹄目的动物中，生活于北美洲西部草原以及荒原等开阔地带的叉角羚无疑是很"奇葩"的一种动物。

　　叉角羚更为"奇葩"之处在于，它的双角中间长有一个向前分叉的小角，这也正是其名字的由来。

　　自古速度、耐力难两全。最高时速可达115千米的非洲猎豹疾如闪电，却只能维持3分钟左右的奔跑时间，高速跑出三四百米的路程，否则就会"过热死"。非洲野狗虽然擅长远途奔袭，然而其55千米的最高时速实在是不值一提。而叉角羚最"奇葩"之处就在于，它在北美大陆长期而且同时保有"速度之王"和"耐力专家"两个荣耀头衔。

　　出生才几个小时的小叉角羚就已经是奔跑健将了，而出生四天之后的小叉角羚就已经跑得比人还要快。成年叉角羚个体身长约1.4米，体重约50千克，最高时速接近或达到100千米。成年叉角羚可以以70千米的平均时速连续奔跑十几千米甚至更远的距离而不疲惫，无论是速度与耐力都是美洲狮、猞猁和狼等北美捕食动物所望尘莫及的，堪称一台高效而出色的奔跑机器。

　　叉角羚曾经的最佳"陪练"是于一万年前更新世末期在地球上绝

迹的北美猎豹。为了避免自己丧身于豹爪之下，在与"陪练"一起"赛跑"的四百万年里，叉角羚练就了一身速度与耐力俱佳的好本事并一直保持至今。

叉角羚的速度和久耐力主要来自于其"设计合理"的四肢、带有弹性的脊椎、功率强大的心脏和广布于其细胞内部的线粒体。

叉角羚拥有细长而轻健的四肢以及柔韧性好的脊椎，这让它跑动时的步幅更具流线型，它全力奔跑时的大部分时间里身体都处于腾空状态，一跃可达6米之遥，而地面只是下一次飞跃的一个跳板。叉角羚的心脏体积是同等体重的绵羊的两倍，扩容升级的心脏可以更及时地向血液中输入更多的活力之氧，从而保证了狂奔之时呼吸和能量转化的顺畅进行，因此很少看到叉角羚出现如猎豹般奔跑后大喘气的状况。此外，叉角羚细胞内密布着"动力车间"——线粒体，这让其在奔跑之时能量充盈，"电力十足"。

于是，因为在速度上和耐力上的杰出表现，"一羚当先"的叉角羚成为令北美所有捕食者都感到十分自卑的"天才运动员"。

在北美猎豹退出大自然舞台的一万年里，体能似乎有些开发过度的叉角羚并没有因为"失去"了真正意义上的赛跑对手而放慢节拍和放弃"比赛"。事实上，它一直都在进行"一个人的比赛"，始终保持无与伦比的竞技状态，不断巩固自己在速度与耐力上的优势，遂成为北美大陆乃至整个生物圈中一朵名副其实的万年"奇葩"。

白鹭育雏择邻处

"一行白鹭上青天""西塞山前白鹭飞""草长平湖白鹭飞"……太多的白鹭永久地飞翔在中国古诗的晴空之上。

白鹭不仅是飞翔高手，还是捕鱼能手。白鹭喙锋利、颈柔韧、视力佳，是天生的"捕鱼机器"，它们立于浅流中，过往的鱼儿很难逃过它的鸟嘴。然而，从12月到5月的筑巢育雏期间，生活在美国佛罗里达州沼泽水域的白鹭一直都面临着一种善于攀援、貌似憨实的小型哺乳动物的威胁。

它就是浣熊。浣熊是树栖动物，前腿很是灵活，常常趁着成年白鹭外出捕食之际发动"奇袭"，它不仅会毫不犹豫地吃掉鸟蛋或幼雏，还会把鸟巢搞得七零八落、天翻地覆，让捕鱼归来的白鹭顿时陷入家破"鸟"亡的悲惨处境。事实上，就算是白鹭在家，贪婪的浣熊也是一个极其难缠的家伙。

为了避开浣熊的袭扰，白鹭们纷纷把巢穴建在下临水潭的树上。这里因为环境相对险恶，浣熊自是不敢轻易涉足，更重要的是水潭中频频出没的短吻鳄对浣熊而言无疑很有威慑的作用。

虽然短吻鳄善于借助其尾巴的推力跃出水面数米的高度，但鸟巢离水面还有相当的距离，并不在短吻鳄的有效攻击范围之内，前来繁衍后代的

白鹭们倒是得以过上一段相对安稳平静的日子。

然而，当雏鸟从蛋中孵化出来并有了一定的活动能力后，新的安全挑战也随之而至。一般说来，一个鸟巢中会有两三只白鹭宝宝诞生，只是这些可爱的小宝宝并不总是安分守己，它们常常为了争夺食物和大鸟的宠爱而发动"内部战争"。

当内战不可避免地打响时，羽翼未丰、尚不足以展翅飞翔的雏鸟，特别是那些体形较大、行动笨拙的个体极易在争斗中因立足不稳而坠入潭中。这时候，早已在水中潜伏多时的短吻鳄负责用其巨大的嘴巴来终结"战争"。有时候，即使争斗中的雏鸟还未"自由落水"，那些有点儿失去耐性的短吻鳄也会动用自己的大尾巴掀起水花、扯动树枝，让早已跌落到低处枝丫上的幼雏加速进入自己的口中。

不过，庆幸的是，相对于整个新一代而言，这些"一失足成千古恨"的白鹭幼雏毕竟是少数。

面对浣熊"家毁鸟亡"式的破坏，白鹭们转而聚集到浣熊不能近身的水潭边的高枝上生育下一代，虽然警报并未因此而彻底解除，但至少危险级别得以下调，从而尽可能地提升了繁殖的成功率。

在外在的敌害无法绝对隔离的情况下，远大害而近小害虽然仍需面临来自现实的挑战，但也不失为一种理性的选择，白鹭择处育雏的智慧同样带给我们可贵的自然启示。

非洲雄狮的起起伏伏

非洲草原之上，数头雌狮潜行草间祭出口袋阵来捕获迁徙至此的角马。

在整个狩猎过程中，策划与实施者都是清一色的"娘子军"。试问，那作为狮群首领的雄狮此时此刻到哪里去了？

当猎物被彻底制服进入分享阶段，只听得天地间一声巨吼，呵，雄狮来得可真是时候！雌狮们闻声自觉地让开一条路，自己辛苦打拼来的胜利果实拱手先让雄狮来享用。

雄狮没有丝毫难为情地吞食着自己喜欢的部位，直到肚皮滚圆后才满意地离开。此时，雌狮们才能食用残羹冷炙，有时候猎物的体积小于雄狮的胃口，雌狮们只能忍着饥饿强打精神继续下一轮的捕猎行动。

雄狮是一个狮群的"最高领导狮"，当然是"我是雄狮我优先"了。不过，雄狮也并非白吃干饭的角色，它是整个领地的捍卫者，为狮群的其他大小成员撑起了保护伞，特别是小狮子的快乐童年离不开父亲的强力关照。

鬣狗是非洲草原上甩不掉的幽灵，常常会在第一时间出现在其他肉食动物捕猎得手的现场。面对袭扰不断甚至群起而攻的鬣狗，雌狮们只有两条路可供选择——要么厮杀，要么放弃。而大块头的雄狮的亮相总能在瞬间改变战局，雄狮可以轻易杀死一只鬣狗，雄狮发威，一向难缠的投机分子即使不马上逃之夭夭，也只有靠边站着垂涎的份儿。其实，单是雄狮一

声远距离吼叫就足以令对手心惊胆战，更何况是王者亲临。

在捕获超大型猎物（如大象）或危险型动物（如野牛）时，如有必要雄狮也会加入战斗序列以增加成功的概率。此时的雄狮不仅是进攻者的力量之源，更是信心之源。

狮群首领决不允许在本狮群内部出现王位的挑战者或潜在挑战者。当小雄狮们的童年时光结束，其雄性重要标志——鬃毛开始突显，它们就要离开狮群开始自己的流浪生涯了。

为了生存下去，这些流浪汉通常是两三头结成联盟来共同捕猎和抵御强敌。终会有一天，它们长到足够强大，然后向那些占尽一时风光的老狮王宣战，直至实现政权更迭。五六岁时的雄狮体力达到巅峰，这也是它们唯一有可能成为狮王的机会，而一旦成为狮王任期也不过两年。世界上没有永远的王者，年老体衰的狮王或者选择壮烈战死，或者识时务地"退隐乡野"再次沦为流浪狮，直至有一天体力衰竭到不能捕食甚至不能站起来的地步，到时候大自然会安排鬣狗、秃鹫等食腐动物来负责清场。

随着新狮王的"登基"，一个新的王朝出现在大草原上。为了让雌狮们断了念想尽快地诚心归附，领土意识强烈的新狮王走马上任后除了在边界用尿液宣示主权外，还会将狮群中前任狮王留下的小狮子们统统杀死，小狮子们不逃即亡，于是属于新狮王的时代真正来临。外族新狮王是狮群繁衍的新鲜血液，在避免"近亲结婚"带来种种生理弊端等方面具有积极的意义，是狮群永葆活力和战斗力的重要保证。

俗语云"一山不容二虎"，狮群中却常有例外。一个狮群中狮王可能不止一头，有时会有两头甚至三头。这些多为亲兄弟或流浪时期结下的盟友，它们一块儿挑战原狮王的权威，一块儿统领新的狮群，一块儿构建新的"反导防御系统"，毕竟强敌环伺，当一方霸主也是一种风险指数颇高的职业。

我是雄狮，少年无忧的雄狮，青年流浪的雄狮，壮年无敌的雄狮，晚年凄凉的雄狮，是一生都走在起承转合之路上的非洲雄狮。

眼镜王蛇的王者之路

眼镜王蛇，蛇如其名，身长可达5米多甚至更长，号称世界上体形最大的毒蛇，是蛇家族中地位不可撼动的至尊王者。

虽然眼镜王蛇偶尔也捕获蜥蜴、小鸟等动物，但它最喜爱的食物还是其他蛇类，比如捕食鼠类的锦蛇，比如毒性极强的银环蛇。为此，许多在眼镜王蛇势力范围内生存的动物常常会选择在夜间眼镜王蛇处于休息状态时才敢出来觅食活动，就连大象遇上眼镜王蛇都常常会绕道而行。

眼镜王蛇凶狠霸道，但雌蛇对蛇卵的看护工作还是十分用心的。眼镜王蛇是地球上唯一一种会筑巢的蛇。交配前后的雌蛇会用枯树叶修造起一个高约一米的小丘，然后将20至40枚卵产于其中。如此一来，里面的卵既防水又保温。

蛇卵的孵化期为3个月。在这3个月内，雌蛇会不吃不喝一直守候在巢穴附近负责"保安"事务，直到小蛇们一个个出世才选择离开。

小蛇们自破壳而出的那一刻起就开始了"一条蛇的战斗"。它们必须学会在各种恶劣环境下独立生存和应对各种挑战的本领。不能被天上的猛禽（如鹰雕）抓住，不能被地上的猛兽（如獴）擒获，不能被其他种类甚至同类的蛇吞入腹中，与此同时还必须捕到足够的食物，否则就会活活地饿死从而退出竞争的序列。

一路"爬"来，二十条小蛇当中一般只有一两条有幸成功地活到成年。即便是活到成年，也不能保证其安全问题已经得到彻底解决。两蛇相逢强者胜，败者若不能及时逃离决斗现场很可能会有生命危险，特别是双方实力差距较大的情况下。

原来，有着王者光环、令其他动物闻风丧胆的眼镜王蛇并不像我们想象中那样活得毫无忌惮，过得优雅轻松，其威风八面的背后是在其出生之后相当长的一段时间内危机重重、朝不保夕的生活。

事实上，不止眼镜王蛇，许多被人类视为强悍形象的动物在其成长之路上都不是一帆风顺的。北美红尾鹰很少有能撑过两个年头的，大部分都在飞行时坠崖摔死；生活在澳大利亚卡卡度公园的湾鳄更是一百条中几乎只有一条能够活到成年……在严酷的自然法则之下，没有任何动物生来就可以坐享其成做"衣食无忧的二代"，即使是强大如眼镜王蛇、红尾鹰和湾鳄者，在其登顶之前也要付出巨大的努力，也要面对诸多考验。

荣耀在前方，挑战在路上，既然选择了出发就不惧接下来的艰难险阻，这就是眼镜王蛇们的王者之路，这就是眼镜王蛇们的王者宣言。

蓝舌蜥蜴的救命草

蜥蜴家族，"怪物"频出。不同于巨蜥的狰狞、蛇蜥的"奇葩"、变色龙的诡秘、海鬣蜥的丑陋、斗篷蜥的奇特以及刺角魔蜥的古怪，蓝舌蜥蜴无疑是为数不多的一种较为耐看、温顺而且萌态十足的蜥蜴了，甚至成为人们乐于家养的一种宠物。

蓝舌蜥蜴又名蓝舌石龙子，分布在澳大利亚、新几内亚等地，成年蓝舌蜥蜴四肢短小，体宽胜过体高，身长可至60厘米，因为吐出的长舌头是独具特色的纯蓝色而得名。

蓝舌蜥蜴主要生存在气候干燥的草原、沙漠以及林区等地带，营地栖式生活，是典型的杂食性动物。地面上的植物如花草、水果，小动物如蜗牛、蟋蟀、面包虫、小老鼠都在它的食谱之上，甚至就连有毒的梅花草也在蓝舌蜥蜴的日常菜单中。在澳大利亚，这种梅花草主要出现在其东部地区，其他地区则很是少见，然而，谁也没想到的是，梅花草的分布状况竟然导致了后来有关蓝舌蜥蜴的一段很是值得思索的故事发生。

故事发生在一种来自中美洲和南美洲的毒蟾蜍登陆澳大利亚之后。这种毒蟾蜍的个头不是很大，自然就成为从不挑食的杂食动物蓝舌蜥蜴眼中的美味。其结果是，不少地方的蓝舌蜥蜴因为误食这种带有毒性的蟾蜍而丧命，并导致当地蓝舌蜥蜴数量的急剧下降。不过，有一个地方是例外

的，那就是澳大利亚的东部地区，这里的蓝舌蜥蜴数量不但没有减少，而且蓝舌蜥蜴还把毒蟾蜍作为美餐来享用，享用之后并无"中毒事件"发生。

这一对比鲜明的现象引起了人们的关注，经过研究，有关人员惊奇地发现，个中原因就在梅花草的身上。原来梅花草中所含的毒素与美洲毒蟾蜍所含的毒素成分几乎完全相同，这种长在澳大利亚东部的毒草在毒蟾蜍到来之前就已经被当地的蓝舌蜥蜴较为长期地食用，并使后者体内逐渐进化出了一种对前者所含毒素有着抵抗力的物质，或者说进化出了对毒蟾蜍所含毒素的抵抗力，所以才能有效抵御蟾蜍之毒并确保了自身安全无虞。

至于其他地区的蓝舌蜥蜴，由于长期以来自己的身边"缺乏"梅花草为其"创造"中毒"机会"从而"训练"其抗毒能力，所以误食毒蟾蜍的那些个体一时间表现出严重的不适症状甚至迅速走向死亡。

生存路上，遇上梅花草无疑是一种考验，但恰恰是这种长期的考验让蓝舌蜥蜴远离了真正的危险和永远的遗憾。于是，梅花草成了澳大利亚东部蓝舌蜥蜴名副其实的救命之草；于是，本属同一物种的蓝舌蜥蜴有了各自截然不同的命运之途。

猫鼬的勇敢必修课

非洲南部的喀拉哈里沙漠是地球上最干旱、最炎热的地区之一。然而，在这片堪称遍地荒芜的环境中却活跃着一种小型哺乳动物——猫鼬。

即使是长到成年后体重也仅有700多克的猫鼬在危机四伏的沙漠中的确算不上强悍，但数十只猫鼬聚在一起群体生活就可以大大弥补这一不足了。

同伴们睡觉休整或者低头觅食时，群体中总有一只猫鼬自动担当起警戒放哨的职责。猫鼬的两条后腿和长长的尾巴构成一个稳定的三脚架来支撑直立的身子，而脖子转动的灵活性则保证了"雷达"具备全方位扫描和探测的能力。当危险迫近，正在警戒中的猫鼬会根据不同的天敌发出不同的预警信号，以便让大家做好与之相适应的准备。

通常情况下，若是危险来自空中，如猛雕来袭，猫鼬通常会迅疾地撤到地下有着数个出口的网状"防空洞"中，这样一来，外面长有利爪的猛雕只有望"洞"而徒自兴叹的份了；若是危险来自陆地，如胡狼打劫，它们则往往会弓着后背，四脚踮起，毛发竖立，摇动头部甚至以吐唾沫的方式来吓阻来犯之敌，而同仇敌忾的猫鼬多半会赢得斗争的最后胜利。而在遭遇毒蛇挑衅时，猫鼬也自是不会错过这样的迎接挑战的好机会。

一只小猫鼬因耽于玩耍而掉队，遗憾的是，它的紧急呼叫声不但没有

把同伴们唤来，而且还不幸地被附近一条毒性极强的蜂蛇的热感应器官锁定。走为上计，察觉到自己身处险境的小猫鼬迅速逃离，经过一番周折之后，终于重新回到了猫鼬家族的安全怀抱之中。

故事还没有结束。得知有一条毒蛇在附近出没后，数十只猫鼬带着刚刚受到惊吓的幼兽一起奔赴现场，然后分散开来从不同的方向对还在原地的蜂蛇展开了围攻行动。竖起尾巴、摆开阵势，配合默契而有节奏地主动出击，又快速闪避以防遭蛇咬伤，成年猫鼬们在给幼兽做亲身示范呢！

值得一提的是，即使遭遇蛇咬，成年猫鼬也可以自行恢复，在猫鼬与毒蛇的长期战斗中，前者已经进化出对蛇毒有着一定抵抗力和抑制力的物质。经过多个回合的较量，高度紧张、疲惫不堪且意识到自己占不到丝毫便宜的蜂蛇选择了狼狈而逃，很快就消逝在猫鼬们的视野中。

这是一次惊险而刺激的智慧与力量的比拼。在此比拼过程中，小猫鼬曾一度掉头想要逃走，每次都被成年猫鼬成功地阻止。后来，也许是受到"大人们"的行动激励，小猫鼬竟也尝试着加入到战斗的序列并模仿成年猫鼬的一些格斗技法跃跃欲试，是成年猫鼬用自己的"身教"给幼兽上了一节重要的勇敢课。

虽然"避害"与"趋利"一样是生物生存的一条重要法则，但是如果一味地选择避让势必会失去以解决问题为途径进而推动能力增长、心智成熟的契机，势必会让自己的战略空间一再地受到压缩，况且并非所有的事情都是只靠逃避就能得到解决的。

漫漫征途中，总有一些挑战需要我们勇敢地面对，总有一些时刻需要我们主动地进攻，再勇一点儿风和日丽，再进一步海阔天空，就像成年猫鼬们做的那样。

土拨鼠的"三重门"

寒风劲吹，大雪纷飞。

当加拿大温哥华的冬季来临，家住高山之上的土拨鼠就会躲到厚厚的雪层下面铺着干草的深洞之中以应对寒冷的袭击。

其实早在炎炎夏日之时，土拨鼠就开始为平安度过冬天做准备了。它们一天之中很多时间都投入到了大吃特吃的"事业"中去，到深秋其体重可以增加一倍。土拨鼠体内积累的脂肪量将决定它们能否挺过寒冬见到来年温暖的春阳。

为了尽可能地节省能量，冬日深洞中的土拨鼠不仅心跳与呼吸的频率大降，而且还把体温从37摄氏度下调到5摄氏度左右，这对于许多恒温动物而言无疑是一种死亡的状态，而事实上在这长达六七个月的冬眠过程中，外表处于安详的静止状态的土拨鼠也在不断地与死亡抗争着。

土拨鼠的体重只有四五千克，受限于体形自然无法积聚太多的脂肪，所以必须合理分配、科学使用才行。它们体内贮存的褐色脂肪是其冬眠时主要的消耗能量源。这些宝贵的脂肪将优先供应土拨鼠的脑部和心脏等关键部位，这两部分的体温是其他部分的15倍左右。当远离心脏的四肢一旦被冰冻，褐色脂肪就会迅速释放热量，通过血液流向那里，待危险过去警报解除，热量再回撤到关键部位进行重点保护。

　　当明媚的春光再次普照在温哥华的高山之上，会有将近一半的幼鼠再也无法睁开眼睛，它们被寒冷生生地夺去了性命。只有那些在整个冬眠过程中消耗量小于储备量的土拨鼠才有可能苏醒过来，这也是它们熬过寒冷而漫长的冬季走向重生的第一道门——冬眠门。

　　土拨鼠要闯的第二道门是热身门。从静止到运动需要一个热身的过程，土拨鼠体内剩余的脂肪将继续转化成热量传向心脏并通过血液加热其最重要的部位，然后逐步向周身扩散。此过程也带有凶险，只要一个环节出现差池，土拨鼠的生命之烛火就可能随时被无情地熄灭。

　　土拨鼠要闯的第三道门是挨饿门。虽然已经苏醒，虽然已经可以活动，但毕竟是半年没有吃过东西了，土拨鼠的消化系统还需一个星期左右的时间才能调整到正常工作的状态。"青草蛋糕"就在眼前诱惑着，饥肠辘辘的土拨鼠却无福享用。只有苦苦撑过这"生死七日"的幸运者才能安全进食，从而真正地走出死亡阴影的笼罩。

　　总有挑战出现在前方，总有考验伴随在路上，因为挑战与考验从来就没有离开过地球上任何一个生命体，而挑战与考验的结束也意味着生命走向终止。走过"三重门"的土拨鼠，还将在花草繁盛的时节面对来自陆地和空中天敌的威胁，直到再次躲入雪层之下重走它们的生死"三重门"。

第四辑

精神地图上的陈兵布阵

人生需要些许豪气，毕竟生活是一场战斗，谁都有可能暂时失去前进的勇气。在你我感到懈怠和疲惫的时候，需要给自己鼓劲，让自己继续立于不败之地。这就需要自强不息，这就需要强悍进取，这就必须在心中升起属于自己的精神图腾，从而确保由一般走向优秀，由优秀走向更加优秀！

练就一颗强大的心脏，把苦难当作人生路上的风景，勇敢地做自己，给行动涂上意义，乘坐属于自己的梦想舰载机，在精神的地图上陈兵布阵，呼啸升空，谋求打赢！

登顶冠军们的交集品质——勇敢做自己

欣赏一位跳水冠军的一句赛后感言——比赛时我的眼中只有脚下的跳台，我的心中只有即将要完成的动作套路。

面对台下的人头攒动、万千目光乃至各种熙攘声，构筑一堵厚实的心墙来隔绝汹涌而至的压力，从而让自己如入无人之境般平静从容地展示自己，这是一种态度，一种智慧，一种定力，一种境界。

事实上，我们的心湖常常受到外在因素的搅扰。一阵小风就能吹皱一片湖水，一块顽石就能荡起层层涟漪。过于在意周围人的想法、看法和做法，会让自己的言谈趋于拘谨，行动变得保守，也会在为自己辩解中耗费太多心力，即使步伐不偏、方向未错也走不出昂首挺胸的阳光自信，走不出足下生风的轻盈潇洒，更难以走出真正意义上的精彩和成功。

同样欣赏罗玉通在电视栏目《奥运风云会》中说的一句话——"不管别人怎么说，不管别人怎么做，我只想把自己做好。"

2000年就已进入国家跳水队的罗玉通，经历了2004年与2008年两届奥运会参赛资格落选的近乎令人窒息的打击。田亮、胡佳、王峰等一批批功成名就者的光荣退役，2001年就有腰病因为持续的高强度训练一直未能痊愈，这些在旁人眼中任何一条都可以成为他放弃的理由。但他没有放弃，而是心志坚定地继续奔行在通往自己人生梦想的跑道上，在收获一系列国

际奖项后终于如愿以偿，让世人见证了这位27岁的"老男孩"与搭档秦凯共同登上伦敦奥运会三米板双人赛冠军领奖台的荣耀时刻。罗玉通用自己12年的坚持，终于守得云开见月明。

也不能不提我们16岁的"小叶子"。毫无疑问，在伦敦奥运会赛事的前半程，叶诗文是众多眼球关注的焦点之一。面对一些西方媒体对自己取得优异成绩原因的无端猜测，叶诗文一句"这有点儿不公平，但是我并没有受到影响"可谓是掷地有声。是的，面对带有敌意的提问，无须太多的说明，在获得女子400米混合泳冠军后，再次获得200米混合泳冠军以及一次打破世界纪录和两次打破奥运纪录的辉煌战绩，就是对一切质疑之声最好的回击，而风暴包围中的波澜不惊显示的是一种心灵的强大。

"我对自己说，我一定能走得很远。"在伦敦奥运会男子花剑个人赛的决赛场上，中国选手雷声很快从裁判把自己刚才还在握拳庆祝的第10分，改判给对手埃及运动员阿布埃尔卡西姆的阴影中摆脱出来，凭借最后的经典四剑登上了荣誉的顶峰。蕴含着排山倒海般万钧气劲的"雷声"划破击剑馆的上空，过硬的心理素质和良好的竞技状态让技术本就不俗的雷声如虎添翼，让他这位在上届奥运会止步于四强之外的东方剑客真的走得很远——从1896年首届奥运会至今欧洲人垄断该项目金牌长达116年的历史至此宣告终结。

"把自己做好，一切就顺理成章。"您瞧，伦敦奥运会男子蹦床运动员董栋在赛后当记者问及前面竞技者是否对他造成影响时，也持相同的观点。作为决赛中最后一位出场的参赛者，面对俄罗斯选手乌沙科夫创造的61.769的高分压力，董栋"栋"若脱兔、"栋"感十足地把难度系数推到自己的峰值17.8分，以高质量地完成动作自顾自美丽，自跳自精彩，于是"顺理成章"地以62.99分的成绩实现了由上届摘铜到本届夺金的巨大突破。

"李宗伟可怕，我也很可怕。"比赛刚结束不久，林丹半开玩笑地对央视记者如是说。在决赛的决胜局以21：19艰难战胜对手的林丹，成为奥运会羽毛球男子单打历史上唯一一位成功卫冕的冠军。这一回的巅峰对

决，历经79分钟的惊心动魄，他最先武装泅渡到了胜利的彼岸，从而续写了"超级丹"的神话新篇章。林丹还是那个林丹，只不过这次他把曾经声称对李宗伟"没有恨，只有爱"的超级自信换了一种方式表达得更为直白而已。是呀，既然遇上了可怕的"瑜"，就调好状态做更可怕的"亮"。其实，作为12岁就已经成为军人、20岁就成为"超级丹"的他早已把自己的意志炼成了一颗定风丹，有着抗击外界12级飓风的广大神通。

勇敢地做自己，女子10米气步枪冠军易思玲枪枪给力；勇敢地做自己，羽毛球女单冠军李雪芮沉稳不惊；勇敢地做自己，女子单人三米板跳水冠军吴敏霞完美演绎；勇敢地做自己，女子举重75公斤以上级冠军周璐璐坚韧逆转；勇敢地做自己，乒乓球男单冠军张继科如"小藏獒"般冲势凶猛；勇敢地做自己，邹凯笑傲赛场收获奥运奖牌一枚枚；勇敢地做自己，男子20公里竞走冠军陈定在最后2公里路上与沿途观众击掌庆贺；勇敢地做自己，跆拳道女子49公斤级决赛吴静钰的"无影腿"所向披靡；勇敢地做自己，女子10米台跳水陈若琳单人双人皆绽金花；勇敢地做自己，男子1500米自由泳孙杨顶住先前率先起跳似乎违规的虚惊压力，强势夺冠并打破由自己保持的世界纪录，然后咆哮声中，把水花拍遍……每个冠军都有属于自己的风格和传奇，但"勇敢做自己"始终是他们的显著共性，是他们精神品质上的一大交集。

当然，不受干扰地坚持做自己从来都不是一件易事，这需要有足够的、持久不衰的勇气提供心劲上得强力支撑，而有此等勇气者一定是打不败、冲不垮、摧不毁、击不沉、自信之长城永不倒的精神强者。

请记住，你只需心无旁骛地朝着自己的既定方向来分阶段地打造一个刚健日新的自己，而不是费心思地考虑怎样把自己整改或整容成完全符合他人标准的模样。勇敢地做自己，嘈杂之中不乱分寸，前进途中不惧不扰，你就一直在获取从成功通向新成功的正能量！

伦敦奥运激励一代人，激励你和我，激励你我勇敢地做自己，做最笃定、最坚强和最优秀的自己，如此我们必将成为登顶自己生活赛场的冠军！

成功耻字诀

耻者辱也。"耻"与"辱"二字用于名词时，无论意义和用法都是一般无二的。

繁体的"耻"字从字面上看是左"耳"右"心"。这一书写构成在提示我们，当带有羞辱性的信息通过听觉引起内心的反应时，耻辱就这样生成了。

没有人喜欢与耻辱相伴，然而，造化弄人，"耻"字有时却让人无法拒绝地闯入人生字典中。做一只"愤怒的小鸟"，"自挂东南枝"，无视耻辱"乐不思蜀"，"知耻而后勇"，耻字当头时人们可做出的选择大抵不外乎这几种。

第一种最浅薄，第二种最遗憾，第三种最悲哀，而让人最佩服的选择永远是最后一种。

左"耳"右"止"，相较而言，简体的"耻"字更能暗合"知耻近乎勇"或"知耻而后勇"之意。"止"即脚也，这就在启示我们，面对"耳"接收到的耻辱信号，我们不仅要有心灵的触动，更要有实际的行动——迈开脚步，勇往直前，改变自我，改变现状！

如此，"耻"字本身所蕴含的思想上的奋进内驱力就会由隐性变成显性，就成了一种鞭策，一种激励，甚至是一种创造奇迹、步入辉煌的持久

推力。试想，当一个人这样不断地进行自我超越式的前行，从平庸一步步走向优秀，从优秀一步步走向更加优秀时，先前的耻辱之碑柱即使不会轰然崩塌，也会成为另一种意义上的见证。

耻辱多像一匹貌似凶狠的饿狼呀，有它在后面露着牙齿、面带凶相地穷追着嚎叫着，我们岂能做出放弃奔跑、停滞不前的举动？不能！事实上，很多成就不俗者就是在被这匹从不讲情面的饿狼一路追赶的过程中，不断地把自身潜力转化成外在能力，向前，向前，向前，最终沐浴到胜利的曙光的。

在历史上这样的事例可谓是不胜枚举的。

勾践遭逢的会稽兵败之耻让他改华屋玉食为卧薪尝胆，苦心积聚起足够的力量创造了"三千越甲可吞吴"的经典传奇。出游数年、一无所成而落魄归家的苏秦遭逢"妻不下纴，嫂不为炊，父母不与言"的耻辱，这让他刺股夜读兵书，终于登上集六国相印于一身的功业巅峰。"能死，刺我；不能，出胯下。"遭逢一个淮阴年轻屠夫的胯下之辱的韩信拼命自强，终成"汉初三杰"之一，升入"将星闪耀的历史天空"。因上书为李陵兵败辩解而遭逢腐刑的司马迁呕心沥血，终于完成了一部被鲁迅称之为"史家之绝唱，无韵之离骚"的鸿篇巨制——《史记》。遭逢靖康耻之家国不幸的岳家军所向披靡，让敌手发出"撼山易，撼岳家军难"的千古慨叹……

其实，无论过去还是现在，从来都不乏忍辱负重终成大器的身影。而且，在竞争日益激烈的今天，我们似乎更容易遭受大大小小的"耻辱"的袭击，比如考试落榜，比如求职遭拒，比如排名靠后，比如业绩下滑，还有周边汹涌而至的冷嘲热讽和傲慢偏见……

其实，耻辱并不可怕，可怕的是被耻辱的冰冷阴影所俘获，从而丧失了面对和战胜它的勇气和行动。

当耻辱不容分说地袭来，就让我们用十六字"耻字诀"来与之对抗——"知耻后勇，勇往直前，超越自我，抵达成功"。

借光

年龄越大，越能让人真切地体悟到光阴的如流而逝。

白日忽西匿，昼短苦夜长。想来古人把时间称作"光阴"实在是再准确和贴切不过了。转眼间，日出又日落，光明转阴暗，长夜的黑幕不容分说地拉下，一个生活日、工作日抑或读书日就这样说没有就永远地没有了。

不过，在内心汹涌的求知浪潮的驱动之下，那些"穷且益坚，不坠青云之志"的古代学子还是想出了各种不与黑夜相妥协的办法来把手中的书卷照亮。于是，有到中庭借雪光的，有去屋顶借月光的，有在室内借干柴烈烈燃烧之光的，还有借囊中萤火虫之光的，更有甚者，凿穿墙壁从邻家借来了一洞光亮……

这些古人的勤奋精神是多么可贵的呀，正如光在他们心中是无比宝贵的一样。尽管这些读书人借到的只是微弱而有限的光芒，这微茫却足以照亮前方，照亮梦想，照亮横渡沧海的云帆。

如若能够拥有穿越时空的力量，去和他们进行近距离的接触始终是我的首选。我渴盼与他们通过"隔空对话"来感染自己一身的高远志向，我还渴盼把他们读书的日常场景录制成一段段高清视频，回来后发到互联网上，供今日之学子们来作极好的励志之源。

"一寸光阴一寸金。"这些令人仰慕的古人是在无声无息中全力以赴地收获生命的黄金呀！时而因困惑而蹙眉，时而因惑解而颜开，时而因身体疲倦而生出呵欠，时而因内心敞亮而升腾豪情。他们用手紧紧握住的又岂止是微光下的书卷？一切都因为，他们心中最明白，人生中最残忍之事莫过于让光阴虚掷、岁月空添。

"寸金难买寸光阴。"《淮南子·原道训》中也有一句与之意思相近的话语——"圣人不贵尺之璧，而重寸之阴，时难得而易失也。"是的，寸金与尺璧失可复得，但流逝的光阴又有几人能买回？崔护的"人面桃花"只能在"去年"的清明时节"相映红"，李清照的"溪亭日暮"只能以"常记"的方式在心头浮现，至于王安石的老乡方仲永更是注定只能"泯然众人矣"。落花已作风前舞，就别指望它再次绽放枝头笑春风。

古往今来，光阴是人类谈及的一个永恒的话题，光阴将一个人偶然性地带来，又把一个人必然性地带走，而人生之路上发生的每一件事，无论成败得失，无论喜怒哀乐，都少不了它的参与或成全。

孔子说，"逝者如斯夫，不舍昼夜"；庄子说，"人生如白驹过隙，忽然而已"；汉乐府中说，"少壮不努力，老大徒伤悲"；《古诗十九首》中说，"人生寄一世，奄忽若飙尘"；曹操说，"对酒当歌，人生几何"；陶潜说，"及时当勉励，岁月不待人"；李白说，"高堂明镜悲白发，朝如青丝暮成雪"；颜真卿说，"黑发不知勤学早，白首方悔读书迟"；晏殊说，"一向年光有限身"；秦观说，"东风暗换年华"；岳飞说，"莫等闲，白了少年头，空悲切"；朱熹说，"少年易老学难成，一寸光阴不可轻"，蒋捷说，"流光容易把人抛，红了樱桃，绿了芭蕉"；明代画家文嘉有一首脍炙人口的《明日歌》同样在语重心长地告诫世人和后人要珍惜光阴……

今人朱自清的散文名篇《匆匆》更是把这种惜时的情结和理念进一步地引向了形象化和深刻化。匆匆太匆匆，在来去匆匆的光阴里穿行，更让

我们对古代那些勤学之士仰之弥高。他们用意志和行动向漫漫黑夜发力，向短暂人生借光，借到的不只是光明，还有光阴，比黄金和玉璧更为贵重的光阴！

其实，那些隐在光阴深处的"借光古人"一直都在启示着我们："向天再借五百年"或许不易实现，但以勤为径、以苦作舟却可以把流经自己身旁的一分一秒的光阴抓到手中，进而转化成一种积极的人生价值和意义。

"人长久"只是"但愿"，"酬勤"却是"天道"。试问，还有什么比以天道"借光"更具励志正能量的呢？

精神地图上的陈兵布阵

带着对"最辽阔的原始和自由"的深深憧憬，年轻的你从北京来到了内蒙古，来到了风景如画又异常残酷的额仑草原。从此，你当上了掌管几百头羊的羊倌，却相中了真正象征着"原始和自由"之伟力的草原狼，并痴迷得一发而不可收。

那一天，你又去深山里放牧，一匹马，一群羊，一个人。

一条从草坑里埋伏了长达三个小时的母狼把握住时机猛然间蹿出，悄无声息地掠走了你的一只小羊羔。来不及施展营救行动的你，在心里牢牢记住了狼的逃亡方向——黑石山。

母狼叼着羊回去了，去喂养它窝中七只可爱的小狼崽；你也赶着羊回去了，与同住蒙古包的同学商讨掏狼崽的大计。不是为了泄恨，更不是为了好玩，你养小狼的目的只有一个：更近距离地走进草原游牧民族"狼图腾"的精神领地中心，从而"重新认识游牧民族对中华文明的救命性贡献"。

经验全无，成功率低，更有重重危险。但你还是去了，与你的铁杆同伴杨克还有两条爱狗——二郎和黄黄一起去的。凌晨过三点，星月皆无光，只为摸清夜战回窝喂狼崽的母狼行踪，你和伙伴就潜伏在一个小山头上听狼嗥凄厉到天亮。你真的没有忘记你的蒙古族阿爸对你的教诲：天下的机会只会给有耐性的人和兽，只有有耐性的行家才能瞄准机会。

　　猎性十足的二郎与终于现身的母狼到洼地的一片旱苇丛中PK（"对决"）去了，但这并不能保证眼前这个百年老洞之中没有大狼的存在。"不入狼穴，焉得狼崽。"于是你把心一横，让杨克用两丈长的蒙袍腰带拴住自己的双脚把整个人顺下洞去。打开手电，两肘挂地，匍匐前行，再前行，终因一个狭小结实的卡口而未能到达最深处。然而你已是一个勇气可嘉的汉人，为了获取第一手材料你不惧艰险，像乘舟夜临石钟山绝壁之下的苏轼，更像一头不达目的决不罢手的战斗之狼。

　　其实，第一次与狼群遭遇，只是一人一马的你就用马镫对砸发出来的金属撞击声击退了强敌，把白狼王率领的草原军团吓得缩脖奔逃如一阵黄风。狭路相逢亮剑者胜，"狼来了"并不可怕，自己身上的羊性太重才是真正的可悲，无论是一个人还是一个民族。很显然，你断乎是不在可悲者之列的。

　　几经周折，你如愿以偿地用帆布包把小狼崽弄回了家，并择一只强壮的小公狼喂养。你是那样上心，那样执着，即使面临层层压力也不放弃，即使被狼抓狼咬也不抛弃，即使是自己挑灯夜读必用的羊油也在所不惜。

　　你爱狼，其实是爱自己心中的事业；你敬狼，像你的蒙古阿爸毕利格老人一样敬畏着狼，敬畏着这腾格里（天）派往人间的"飞狼"的非凡生存能力和作战智慧。

　　你还会与牧民们一起圈狼、夹狼、防狼和战狼，并分享着草原狼带给草原人的种种好处。你曾经乘坐毡舟一路飞驰在冰冻的雪湖之上，你哪里是在钩狼群"赠送"的黄羊，你分明是在钓"最辽阔的原始和自由"；你在猎场盛宴上与蒙古族兄弟们一起大块吃肉、仰天暴饮，这哪里是在接受劳动改造，这分明是如鱼得水。你在最恰当的时间来到最恰当的地点，从此开启了一段神奇难忘的人生历程。

　　又轮到你下夜了。有杀狼犬二郎在外面守着羊群，你在蒙古包内潜

心攻读。为了不妨碍两个同伴的睡眠，你把矮桌放在蒙古包门的旁边，用竖起的厚书遮挡着灯光。灯光暗淡，你的心里却分外亮堂，看书做笔记，自学大学课程，吞咽古今经典书籍尤其是与狼有关的书籍。这是在知识的战场上一种无声的血性打围，你和时常在蒙古包外不远处向天嗥叫的狼一样迸发着全身的生命活力。劳动、学习和精神探索三不误，你是真正意义上的知识青年！

智取黄羊群，趁风追战马，设计入石圈，绝招捕旱獭，断腿为保命，晃腿诱马驹……你看到了并亲手绘制和铺开了一幅关于狼的"勇敢、强悍、智慧、狡猾、凶残、贪婪、狂妄、野心、雄心、耐性、机敏、警觉、体力、耐力"的不朽画卷。"不息、不淫、不移、不屈。"你也深刻地意识到"没有狼图腾的形象、性格和精神的参与，中华龙就不能成其为龙，而只能是中华虫"。

你是一个历史感伤者，目睹并亲身经历了最后一段游牧文明史诗不可避免地终结；你又是一个时代贡献者，一本《狼图腾》中永久闪烁的强悍进取、昂扬不屈的精神光柱必将照耀国人更加迅猛而稳健地实现中华民族的复兴伟业。

正如你的名字——陈阵，陈兵布阵，以永远不坠的意志和斗志作图腾。

就做一名战斗者

生命本是一个战斗的历程，不管你是否愿意，从呱呱坠地的那一刻起战斗就已经正式打响。

在随后生活的日子里，你将可能会与疾病战斗，与恶劣环境战斗，与冷嘲热讽战斗，与心怀不轨的贪婪觊觎者战斗，与自己的消极情绪战斗，与人性的各种弱点战斗。战斗是人生之路上的一个主旋律，与其被动地接受命运的安排和摆弄，不如以一名战斗者的身份和心态去坦然接纳和主动出击。

跌倒了，不要气馁。告诉自己这是上天对自己战斗意志的一次考验，勇敢地爬起来，拿出军人大无畏的精神气概让信念的山峰再一次拔地崛起。擦亮钢刀，捍卫荣誉，准备投入新一轮的战斗，百折不挠地坚持下去，你终会握住你想要的成功。

病倒了，不要叹息。告诉自己壮士流血不流泪，英勇的铁血战士奋战疆场手折足断也要坚强，相较而言目下的这些小伤小痛又何足道哉？有积极的情绪作疗病的精神支撑，病魔也终会逃之夭夭。

遭人嘲笑了，不必计较。告诉自己战士的心胸比海洋更宽更广，只要自己顶天立地俯仰无愧，树直不怕影子斜，况且时间会澄清和证明一切。更可以把别人的轻视作为鞭策自我成长和成熟的前进动力，激励自己更加

努力拼搏奋发图强。

征途乏累了，不要抱怨。告诉自己一名优秀的战士就应该是"特别能吃苦，特别能战斗"，不必想法太多只需倒头一夜酣眠，明早醒来你会发现更大更多的能量在你身上奔突窜动。

失意郁闷了，不要颓废。告诉自己一名出色的战士就应该始终存贮一份豪迈乐观的精神在胸中，即使深陷重围目光依然坚毅，依然要"弹起我心爱的土琵琶，唱起那动人的歌谣"。如此这般，悲观的阴霾自会被自信的阳光轻易打败。

取得阶段性胜利了，不要骄傲。告诉自己荣耀只是属于过去，一名睿智的战士目光永远向着前方，战略目标永远是下一个高地，追求卓越的脚步永不会停息。

战斗者是坦克，攻防兼备清除障碍勇往直前；战斗者是军舰，劈风斩浪突破岛链走向深蓝；战斗者是战机，呼啸升空亮出身段对决苍穹。

把自己内定为一名战斗者，从此人生便有了一面迎风招展的鲜红旗帜，便有了一个雄健大气的前行姿态，即使没有戎装加身，也能走出一路从容、潇洒和昂扬并最终到达成功的彼岸。

馒头，馒头

同桌的哥哥曾经服役于炮兵部队两年，有一段记忆犹新的往事居然与馒头相关，他将其称之为"馒头事件"。

"馒头事件"发生在新兵即将下连队的一个周末，那天黄昏，班长照例带着他们几个新兵去食堂就餐。那一次，馒头没有发好，刚吃下第一口时就觉得有一种酸涩的味道，让人一下子没了继续下咽的欲望。班长也似乎察觉到了，脸上现出一丝迟疑，但很快就恢复了正常，然后大口大口地吃完，好像手中的馒头与往日里一般无二。

班长做了表率，大伙儿谁也不敢抱怨，只好装着样子慢慢地往嘴里塞馒头。只是，班长吃完饭放下餐具刚走出食堂，同桌他们就冲向垃圾桶，赶紧把嘴里乃至手里的馒头统统丢进里面，然后长嘘了口气，才算找回了久违的轻松。

本以为事情就这样过去了，没想到的是后面还有一场"灾难"在等着他们。那一晚，新兵们刚看完新闻就听得值班员的紧急集合哨。"全体集合！"大家纳闷地向楼下跑去，连长早已在下面等待，一脸的严肃，而摆在他身旁的正是同桌他们向里面扔馒头的垃圾桶。

集合完毕，连长终于发话了："今天吃晚饭，有人在垃圾桶里扔馒头，我相信这种事老兵是绝对不会做的，剩下的你们这些新兵赶快承

认！一个连馒头都挑剔的战士，很难想象得出他日后还能完成什么样的任务。"

一片寂静。一分钟过去了，两分钟过去了，始终没有人敢出列承认。于是，连长解散了老兵，把所有的新兵都留下来，然后弯下身子捡起桶里的一块馒头看也不看就吃了下去。

"一共扔了九个馒头，三十六个新兵，四个人吃一个，开始拿！"连长抹了一下嘴后严厉地说。

馒头分好了，就放在每一个新兵的手里。犹豫了一下，尽管心里有一百个不愿意，最后大家还是吃了。事情并未就此打住，第二天，全体新兵被禁食一日，而训练强度却丝毫不减，直把人差点儿饿晕。

晚上熄灯后已多时，同桌他们饥肠辘辘翻来覆去就是睡不着觉，班长拿着手电筒打开他的柜子，拿出一袋鼓鼓的东西来，放在箱子上说："饿了吧，赶紧吃，不要弄出声响。"

几个新兵身手迅疾地蹿下铺，打开袋子惊喜地发现里面全是馒头。同桌他们心存无限感激狼吞虎咽般吃着馒头，感觉此刻馒头才是世间真正的美味。

"馒头，小小的馒头，就算带些酸涩又何妨？有时候，对自己狠一下恰恰是一种对人生高度负责的态度。一个人如果一味地娇惯自己，那么提升能力、取得胜利就只能坍缩成一句空话。"同桌的哥哥讲完故事后目光坚定地对我说。

是的，娇惯自我就是放弃发展，有时候，需要对自己狠一点儿，给自己一个磨炼意志、锤炼品质的平台，让自己淬火成钢。

朴素的坚持

方圆七百里的两座大山王屋和太行严重阻碍了在北山居住的愚公的交通，身为一家之长的他决定要开辟一条能够与外面世界相连通的便道。然而，移山无疑是一件无比浩大的工程，即使在有着现代科技作助力支撑的今天也无人敢轻言尝试。但工程还是如期开工了。那一日，没有嘉宾剪彩，没有礼炮轰鸣，有的只是手中的简陋工具和全家齐上阵的老少劳作时的脊背如弓。

于是，河曲的智叟面对着一小堆刚刚敲击下来准备运往渤海边上的碎石块笑了，在刺耳的笑声里，他自作主张地给已是八十多岁高龄的愚公贴上了"自不量力"的标签。不过，前者的笑声充其量是后者贴耳而过的一阵细风，风过后丝毫不曾改变后者面对王屋与太行时的一身肝胆和一腔热情。愚公以其可贵的坚持精神不仅永久活在列御寇《列子·汤问》的书页里，也永久活在后世敬仰者的心中。

巴西现代作家保罗·戈埃罗的长篇小说《炼金术士》中也有一则关于坚持的故事：一位执着的矿工为了寻到心目中的绿宝石而只身来到一条河边一找就是五个年头，在这一千八百多个日日夜夜里，他敲碎了九十九万九千九百九十九块石头，可惜的是，屡试屡败的他在第一百万块

石头面前"愤怒而沮丧"地停止了敲击的动作，而他梦寐以求的世间最美丽的绿宝石就藏在那块未曾被他敲开的石头中，还好，后来他在撒冷之王的暗助下终于如愿以偿。

为了一个目标而坚持了九十多万次，且不论最终的成与败，单此一点，这位矿工就足以让人肃然起敬。但即使没有后面的堪称挽救性的喜剧结尾，这也是一个加入了太多理想化元素的故事。现实生活中的人做一件同样的事受挫数十次而不抛弃者已属难得，更不必奢言几十万次，于是才有了诸如"九死未悔""百折不回"等用来称颂坚持精神的词语产生。常常是，追寻的"绿宝石"还没有到手，心已被"绿宝石"的无形分量压得喘不过气来，如此这般又如何能够将行动持久？

想来，世人追名忙，逐利忙，前面有幻景诱惑，后面有使命催促，左右还有形势逼迫，整个人像极了路上带着枷锁的囚徒，心思越重，枷锁越重，脚步越沉，再加上成功的曙光迟迟不到，失望的雾霭屡屡袭来，往往会身体未倦心灵已疲，撒冷之王还未来得及出现，人早已悻悻地离开了河边，放弃也就成了顺理成章的结局。

有志者事竟成，然而未必每个人都有项羽当年的神勇和魄力；苦心人天不负，然而未必每个人都有勾践曾经的辅臣和机遇。所以真的不必每走一步都要重新测量一下现实与目标的差距，真的不必每到一处都要估算一下到达苦旅终点的日期，要知道一种源自朴素心愿的坚持才是最能经得住内心海浪和外界考验的坚持。

只为门前有路走，休问何日成坦途。带上一个愚公式的朴素心愿吧，让天地间从此又多一个过滤掉尘世焦虑、挣脱了功利羁绊的身影在寒暑易节中行进，晴也依旧，雨也依旧。

且把苦难作风景

九阳神功是金庸大侠制造的江湖中一门顶尖绝学，其心法要旨是二十字诀——他强任他强，清风拂山冈；他横任他横，明月照大江。于是，修炼此功的张无忌在峨眉派掌门灭绝师太的惊世三掌之下，不但没有被其掌力所"灭绝"，还借助外力进一步提升了自己的内功修为。

如果把心法中的"他"的内涵广义化成"人间的一切苦难"，最近，我看到了几位现实版的张无忌。

那年夏天世界有些"潮"。暴雨引发的洪水漫过山东临沂的街道，到处一片泽国的境况。就在大家为交通不畅、家园遭到威胁等事情烦心之际，一对乐天派父子出现在公众的视野里。只见二人慢悠悠地划着一条小船行驶在宽阔的大街上，他们脸上没有丝毫的忧愁或惊惧的表情，很快引来不少路人的关注甚至手机拍照，人送雅号"淡定哥"。父子俩以游赏的心态直把临沂作威尼斯，满眼都是风景，而自己也成了他人眼中的曼妙风景，这让大家在苦难来袭时缓解一份焦虑，存贮一份轻盈，获得一份积极行动的正能量。

无独有偶。相对于临沂父子的淡定，俄罗斯的一位小伙则来得更为笑傲。背景同样是"水漫金山"，由前面一辆机动车提供牵引力，用一条绳索作纽带，这位小伙居然在街道上尽兴地玩起了冲浪。既然上天把大海都

搬到了柏油路，就不要辜负了人家的这番"美意"，水灾中的"笑傲哥"左冲右突前行"无忌"，其蔑视苦难的心境当真让人钦佩。

苦难如水，胆怯者把它视为拍岸震天的惊涛，无畏者则把它当作在杯中流泻的一泓清水。苦难如山，悲观者往往把它放大成与天等高的峰巅，为此心头眉头两处愁；乐观者则常常把它缩小成手掌心上的顽石来玩赏，自是一路笑傲一路歌。

想起北宋的苏轼，在穿林打叶声中吟啸徐行；想起南宋的张孝祥，虽然"短发萧骚襟袖冷"，依然"扣舷独啸""稳泛沧浪空阔"。无论苦难来自自然还是人世，都不过是两人生命长河中的几朵浪花不足为忌，他们是奇男子，是伟丈夫，是这世间最坚硬的铁，因此他们都有一个共同的称谓——豪放派。

人生在世，苦难如风雨从来都不给我们出示它们出现的理由，当苦难强横来袭，心存一份"无忌"就能把风暴化作轻拂山冈的一缕清风，就能把怒浪变成明月之下的一片平江。

试问，在安乐窝中蜷缩的家雀和在暴风雨中搏击的海燕，谁更能展示生命的精彩和辽阔？温室里的一朵鲜花和沙漠中的一丛绿草，谁更能给人心灵的震撼和启迪？

且把苦难作风景，这是一种处世的态度，是一种哲思的深度，更是一种人生的高度。站在比苦难更高的高处，驾一叶淡定之舟，冲一片笑傲之板，把生活版的"九阳神功"修炼至大成，你我开辟的将是一条沿途风景赏不尽的人生新航线。一定是这样！

人生是一场务必要打赢的战争

你可以不经常收看军事节目，也可以不经常浏览军事网站，毕竟表达一颗爱国心的方式有许多种。但你不可以不建立一套科学的军事理念体系来作为自己成长、成熟乃至成功之路的指导。

比如，以战争之能力和决心捍卫和平的积极防御策略。

和平的局面从来都不是消极地守来的，也不是只要心怀美好愿望就能等来的，而是积极地争来的。要做到有效的"争"，在思想上必须具有前瞻性，能把可能存在或出现的风险预测出来并制定预案；必须在行动上具有果断性，不仅要有实力，还要敢于动用实力并让对手相信自己敢于动用实力，从而让其不敢轻举妄动，为自己的发展赢得时间和拓展空间。

在我们的成长壮大的过程中，也会遇到介入与反介入、遏制与反遏制、打压与反打压的斗争，为此我们要做好充分的心理准备，以愈挫愈勇的精神为争取自己的合理利益而努力。

又比如，确保打赢多场局部战争的思维。

在与多个对手在不同战场上进行较量时，如果出现顾此而失彼的状况将是一件糟糕的事情，所以确保自己具备同时回应多个挑战、同时打赢多场局部战争的能力，应该作为一个目标去实现。

对于一位在职人员来说，不仅要把自己工作中的分内之事做好，还要

不断地给自己充电提升层次，进而实现更远距离的续航，还要处理好与单位同事的关系，创造良好的人际氛围和个人魅力气场。此外，还要把生活中的个人运动与饮食、家庭乃至朋友交际等问题处理好，这些方面即使对你的业绩无直接的拉动作用，至少可以让你腾出时间、心情和精力把本职工作做得更好。能驾轻就熟、从容不迫地做到多方面兼顾而又不失重点，正是一个人抵达成熟境地的一个显著标志。

再比如，多兵种联合作战的概念。

美国曾提出"空海一体化"作战模式新概念，即美军在战争中要海空两军密切配合，同时夺取绝对的制空权和制海权，从而拥有绝对的作战优势。的确，现代战争双方的对抗早已不再是陆军对陆军、空军对空军和海军对海军的传统的单一化作战形式，而是海、陆、空、天和电磁等多维协同作战，如此才能使合力达到最大、效果达到最佳。

对于一个现代社会的劳动竞争者，不仅要在本专业上狠下功夫，还要尽可能地去涉猎甚至吃透一些与本专业联系较为紧密的领域，尽可能地拓展外围，让它们之间通过互相印证和互相促进带来知识和能力体系上一个整体性的飞跃，不断地扩大自己的优势面，让自己的核心竞争力得到持续加强，从而从成功走向新的更大的成功。

人生是一场不可回避且务必要打赢的战争，这就决定了一些科学化的军事理念在前进征程中具有不可替代的引擎作用和战略意义。这些理念是个人软实力的重要组成部分，有它们作"中央指挥部的高级参谋"，人生之战斧更锋利，战车更给力，战机更强大，战舰更具劈波斩浪的不竭思想势能。

给行动涂上意义

　　他是让我觉得最有成就感的学生之一，因为他的勤奋，因为他的持续的勤奋。

　　一切都源于一节习题订正课。那是一道颇有挑战性的试题，前面几个平日里成绩排名靠前的学生不是不会做，就是只能完成一小部分，按顺序轮到他回答了，只是出于不让他觉察到我小看他才把他叫起来的。我早在心里预备好了与前面一样的失望心情，但是他的回答出乎意料地改变了我的心态。

　　思路清晰，解法简便，分析到位，阐述全面。热烈的掌声在他回答完毕的那一刻自发地响起，鼓掌的不只是学生，激动的也不只是老师。

　　"请你自报姓名和最近这次考试的班内名次。"这是我刚接任不久的一个班，又刚换过位置，讲桌上的座次表还未来得及更改，而他并不在"重点培养"的范围之内，所以对于他的信息我知之甚少。

　　"我叫展翔羽，这次考试排名42。"语气中带着明显的紧张。

　　"我看你还有很大的空间可以提升，希望你能像你的名字一样展开飞翔的羽翼飞到一个全新的高度。上次考42，下次就把这两个数字换一换顺序吧，考24，有信心吗？"

　　"有。"声音细微低沉，是一个有着羞涩感的男生。

　　这件事的情节本身就稀松平常，很快就被时光抛向了遗忘的角落，直到下一次考试成绩单出来之后才重新拾起。

　　这可能吗？他竟然考了班内第6名！前进了36名！在班内、在年级甚至在全校都是绝无仅有的。他的进步之神速让不少学生和老师惊叹不已，就连校长都亲自来专门过问此事。就这样，他理所当然地成为风云人物并被列入"重点关注对象"，而他的一些表现一时间也成为校园热点。

　　原来，这一段时间他还真的没有闲着。每天早晨全宿舍第一个起床，简单洗漱后就冲向操场，赶在早操前背诵诗句或朗读英文；晚自习总是他最后一个离开教室；晚上若暂时没有睡意，他还会以被子作"掩体"打着手电筒温习当天的课程……日子如海绵，他用最大的力气把时间之水从中挤了出来。

　　功夫不负有心人，他不仅做到了，而且超额完成了任务。再后来，他又晋级为班内前三强并一直保持到高考，最终如愿以偿地考入了一所全国重点大学。

　　"最初我一心想的是要实现自己的诺言进入前24名以证明给人看，并觉得行动一下子有了意义，再后来在学习中又加入了为亲情而努力的想法，为师生情而努力的想法，为自己的未来而努力的想法，还有将来为国家、为社会做一些贡献的想法。总之，给行动加上了越来越多的意义，我终于发现，原来学习并不是我先前认为的那样枯燥乏趣的事情。"

　　生活常常以平淡而琐碎的形式出现，这就需要我们给行动涂上一些别样的意义，让它那迷人的光泽激励我们即使走在看似无望的天空下也要阔步向前，一步一步地接近目标，一段一段地靠近梦想，从而能够有幸摘下上天奖励给我们的那一枚枚甜蜜的浆果。

阅读是有关励志的一件事

在求学路上每每感觉慵懒懈怠之时，我们不妨重新打开古人勤奋阅读的画卷，并从中汲取激励自己坚定前行的精神核能。

把绳子的一端在自己的头发上打结绑定，把另一端高高地系在自家的房梁上，稍有困意、稍把头低就会有疼痛的醒意，于是让心灵和眼光一道继续追随文字在书卷中穿行。孙敬读书之法的"别出心裁"告诉世人，汉朝的一代大儒就是这样炼成的。

同样拥有醒脑之慧的是战国时期与张仪齐驱并驾的纵横家苏秦。他人蔑视的目光是志气最好的发酵剂，衣衫褴褛地落魄回家后受到一连串外界刺激的他下定决心要对自己狠一点儿。于是，在三更灯火下和五更鸡鸣中，一个眼皮打架的书生手拿一把利锥毫不犹豫地向着自己的大腿刺去，钻心的疼痛不仅驱走了巨大的脑力消耗带来的深深倦意，还在无声无息中酝酿着他日六国相印独佩一身的无上荣耀。

春困秋乏夏打盹冬日短，但于一名真正意义上的读书人而言，四季皆是阅读天。只是，生活的拮据熄灭了灯盏的光亮，无边的夜幕让人与书籍咫尺又天涯。

怎么办？是谁在黄昏奋力地扑流萤？是谁又把这些腹部发光的小精灵装入了薄薄的袋囊中？点点萤火，照亮了晋朝车胤手中的书卷，也照亮了

他的志向和前程，终于，后来学富五车的他成为北伐大将军桓温的首选军政顾问。

怎么办？一堵墙分隔了明暗两世界，凿壁，凿壁，光亮终于通过一个小小的洞穴从邻居家射进来，于是长吁一口气，庆幸自己夜间读书的事情终于有了着落。其实，西汉的匡衡借到的不仅仅是邻人之光，还有后来汉元帝恩赐给他的丞相宝座。

那一夜，一位"打工仔"忙碌了一天后归来，晚上在屋里点燃薪柴拥书而读，幼年丧父、寄身叔伯的侯瑾在暗夜里发愤图强终成东汉文学家，并被河西人尊称为"侯君"。

那一夜，大雪多情地把世界覆盖，大地上的皑皑雪光把晋代的孙康吸引到了户外，不再去管衣衫单薄、手足冻僵，银装素裹的美景中自有照亮知识的光芒。就这样，做一位大学问家成了雪天读书的孙康砥砺求进的人生方向。

那一夜，月亮行至中天，把南朝的江泌吸引到了院中，清辉流泻在他摊开的书页上，不知不觉间月儿西斜，江泌又来到了屋顶，困倦中摔下来拍拍尘土重新上房，原来学问总是在倔强和执着中积少成多的。

时间是海绵中水，善用者总能挤出。读书可以在家中，在学堂，也可以在路上。于是，骑着牛赶路访友的隋代李密来了，牛角上挂着的《汉书》是他那一日温习的课程；于是，上山砍柴归来的汉代朱买臣来了，肩头上重重的积薪压不弯的是他吟诵诗文的壮志豪情。有志者，天眷顾，前者做了隋末瓦岗军的核心领导人，后者成了拥邑封疆的会稽太守。

剪下一段古人的烛光，将手中的书卷照亮，让中华优秀文化赐给你我无穷的阅读力量，以勤为径向书山更高处进发！

做好自己，看好未来

"先生，我们对于您写作的这本书之水准实在不敢恭维，真不知道像这样的作品是否还有出版的必要？"

"这本书的意义和价值以及我本人将会在五十年后为人们所理解，请耐心等待。"

或许，您一定不会想到，对话中谈及的"这本书"指的竟然是世界级的经典名著《红与黑》，法国作家司汤达于1830年完成的一部具有划时代意义的小说。

面对评论家发出的近乎一致的批评之声和公众反应的普遍冷淡特别是初次出版印刷仅有750册的冰冷现实，司汤达给出的原版回复是——"我将在1880年为人所理解"。他还说，"我所看重的仅仅是在1900年被重新印刷"，自己要"做一个在1935年为人阅读的作家"。

事实证明了司汤达对自己及其作品的判断不仅仅是源于一种身处逆境时的不败自信。小说《红与黑》以其"在典型环境中塑造典型性格"的高超手法开创了批判现实主义文学的先河，同时小说细腻入微、令人称道的人物深层心理分析和描写又为20世纪现代派中的意识流小说开了先河，在世界文学史上的地位堪称举足轻重。苏联文学最杰出的代表作家高尔基就曾把司汤达与巴尔扎克相提并论，并称前者为"真正的天才艺术家"。当

然，这是后来的事了。

同样值得提及的是，小说中的主人公于连，作为一个在王政复辟时期出身平民家庭，在个人奋斗之路上不抛弃激情与梦想、不放弃尊严和思考的艺术形象，以其本身所具备的感召性、普遍性和深刻性也超越了历史时空，从而获得了永不磨灭的意义。

更难能可贵的是，面对外界的质疑和冷遇，曾经追随拿破仑参加过著名的马伦哥战役、后来又远征俄罗斯的"军人作家"司汤达，以其军人的超级自信用笔代枪，继续着自己在文学疆土上的冲锋战斗。

在一个个寂寞冷清的白天和夜晚，用倔强的动作把纸张铺开，一部部的新作品就这样从他的笔端不断地神奇问世，其中就包括他的另一部批判现实主义杰作——《巴马修道院》。司汤达以其个人的奋斗历程向世人诠释着一个昔日拿破仑部下的不为外界力量所改变的人生价值观。

在自己一时间不被众人认可、接纳和看好的状况下，依然存有一种军人的硬气品质作强力支撑；依然让内心信念的光焰强盛不息，借以温暖胸膛，照亮前方；依然坚持看好自己，看好自己的未来并努力把现在的自己做到最好，于是，司汤达终于抵达了一代文学宗师的高度，成为法国乃至世界文学史上一个永远不朽的传奇！

人生需要些许豪气

生本不易，生存本身就意味着抗争，与天争，与地争，与人争，甚至常常还要与自己争。为了保证我们始终处于抗争的最佳状态，我们有必要存贮一份恒久的豪气在胸中。

拥有豪气让我们更加积极地面对人生的挫折。人生不如意事常八九，路边的荆棘、未知的、突至的风暴常常会使我们痛苦而畏缩不前，茫然而不知所措。无边的凄风苦雨会轻易熄灭我们心中美丽梦想的火炬，吞噬我们继续坚毅前行的信念和力量。这时候，我们需要一份豪气，一份足以淡化伤痛的豪气，一份视困难为无物的豪气，阔步向前主动出击，蓄积"会当击水三千里"的壮怀，熔铸"一蓑烟雨任平生"的心态，把最坏的日子挺过去、挨过去。

拥有豪气让我们轻易地走出自卑的谷底。每个人都有自己的闪光之处，同时也不可避免地有自己的不足之处，在某一特定时刻和场合，这些经过比较而意识到的不足常常会使我们猛然间陷入自卑的境地，心中出现无人可诉、不可言说的伤，于是顾影自怜，于是有泪暗滴。这时候，我们同样需要用豪气之火来驱除自卑的阴霾，来为自己的伤痛疗伤，为生命提供昂扬向上的持久动力，不再卑微懦弱，不再无助张望，不再自我贬低自我流放，从而顺利地走出情感的低谷，让自信的阳光再次明媚地普照心

田，让自己身上的力量获得成倍的增长。

拥有豪气让我们更加清晰地意识到自己是自己命运的主人。正如火山爆发的能量只能由自己去积累，人生航线的风景也同样只能靠自己去创造。世界上只有一个自己，只有自己才能最终对自己负责，只有自己才能最终成全自己的人生光彩。用豪气引爆自己身上的精神核能，荡涤内心滋生的顾虑和悲观，战胜一些迎面袭来的嘲讽与打击，勇敢地展现真我的存在，做自己灵魂的船长，就能获得前进的更大能量，对自己的人生航向指挥若定，虽九败而犹未倒，虽九倒而志犹存。

事实上，沧桑并不遗憾，苦难也并不可怕，真正遗憾和可怕的是没有面对沧桑与苦难的足够的硬气。贺拉斯说，"无论风暴将我带到什么岸边，我都将以主人的身份上岸"。就让我们带着一份豪情上路，使人生多一些阳光，多一些自信，多一些从容，多一些笑傲人生的傲气和底气。

终会明白，狂风吹过是一种壮观，骤雨淋体也是一种清爽。

第五辑

收集润泽生命的露珠

　　人生不如意事常八九，可与人语无二三。行走人生路上，有阳光也有风雨，有掌声也有讥笑，有鲜花也有"砖头"。除了靠亲情、友情与爱情取暖之外，我们更需要自己给自己的身上和心中投放暖意不减的阳光。

　　永远善待自己，永远相信未来，永远学会为自己解围，永远存有一份慰藉心灵的温度，永远努力保持一种健康、乐观、豁达和上进的人生姿态！

收集润泽生命的露珠

　　位于非洲西南部大西洋沿岸的纳米布沙漠是全球最干旱炎热的地区之一。在这片荒无人烟的地带生活着一种可爱的小甲虫，每天清早太阳升起之前，它们就会爬上沙丘的斜面高处，然后尾部向上、头部朝下地摆pose（姿势）。当然，它们并非真的是在摆pose，而是在用身体收集沙漠早晨难得的露珠，这些清爽的露珠最终汇聚起来神奇地流入小甲虫的口中，于是，新的一天就这样从甜美中开始了。

　　我有一位同事，做事举重若轻且效率颇高，脸上甜甜的笑容俨然已经成了他的招牌表情，似乎生活中无论什么事情发生都不能搅扰他的那份好心情。相处的时日稍长，我们就发现了他的一些小秘密，比如他常把几个苹果或香梨或橘橙放在办公桌里，却很少见他拿出来享用一番；比如他还常在口袋里放上几枚糖果，同样很少见他放入口中品尝。

　　有一天，我们终于忍不住要问他一个究竟。他给出的答复是，生活本已平淡，我希望来到办公室一打开办公桌的那一刹那，会有一阵沁人心脾的果香扑鼻，让我的每一个工作日从美妙的清香中开始；工作难免苦恼，而口袋里的糖果会不时地提醒我，生活再不顺利也总有甜蜜的一面，况且生命本身就是一个伟大的奇迹，又何苦愁眉不展跟自己过不去呢？

　　同事讲完后的那一刻，我已经确认，他已经收集到了生命中那种宝贵

的露珠，并从中获得了啜饮的持久快乐。

接下来的发现更是让我坚信自己的看法：这位同事的"快乐计划"远不止这两样：每一周都在墙上张贴一张应时的小笑话，同事称之为"抬头见喜"；每一个月都要给自己画上一幅小像，同事谓之为"赏心悦目"；还隔三岔五地对外发一条心情微博记录点滴趣事，同事名之为"乐不思苦"……正是生活中的这些体恤和奖赏自己的小细节如岩石缝间倔强冒出的小花朵一样，让同事的人生路上一直存有美丽的点缀和期待，一直存有歇脚和"歇心"的所在。

据我们所知，同事的家境并不算好，母亲常年卧病在床，父亲工资也很是有限，自己的收入也不算高，这更让我们对他的阳光气质心生敬佩。

生活中，如若盘点不如意事，总能凑出许多件来。因为有一些事实永远无法改变，例如我们身边的每个人不可能完全按照自己的意愿去说话、去办事、去出牌，他们都有着自己的信条和价值观，于是在某一个时间段被误解、被怀疑、被忌恨甚至被排挤也就在所难免了；与此同时，就算仅仅属于我们自己的事情也未必能够按照自己设想的程序来推进，于是事半功倍、徒劳无功甚至事与愿违的情况时有发生。而当我们意识到这些不如意的种种时，我们是否也应该像我的这位同事那样，站在一个更高的人生枝头上来俯瞰岁月并学会奖赏自己，特别是要奖赏给自己一个好心情呢？

是的，奖赏自己，一定要奖赏自己。不过，奖赏之物不一定非要时尚、名牌等与世俗物欲纠缠不清的东西。有时候，几枚糖果、一阵果香、一则笑话、一幅画像抑或一条微博就足以慰藉庸常的岁月和困顿的旅途，并让心中春意常盎然，笑容之花一路开。

记得同事在微博中说过，更纯粹的快乐其实是无须做任何准备的，只需迈出家门与来自38.4万公里外的月华相约须臾，与来自1.47亿公里外的日光亲近一下，或者与来自N光年之外的星辉对接片刻就足够了。同事的境界让我忆起张爱玲的一句经典——"长的是苦难，短的是人生。"但同事显然在人生征途中亮出的是另一面信念的旌旗——长的是苦难，远比苦难更长的是人生，而与人生几乎等长的则是挂在嘴角的浅笑。

　　要知道，造物主既有创造生命的无上美意，也自有考验生命的残酷方式。人生最紧要的事情之一就是即使身困黄沙大漠之中，也要执意去收集到那颗润泽生命的露珠，让它给我们每一天的生活带来清爽和甜美，带来画意和诗情。

对焦虑说"不"

医学工作者曾经做过这样的一个实验：在两组小白鼠身上都无一例外地种上肿瘤，其中第一组小白鼠的笼子外面放上一只凶狠的大猫，而另一组小白鼠的笼子外面则一片安静，没有任何搅扰。

一段时日之后，医学工作者发现，笼外有大猫的那组小白鼠体内的肿瘤体积呈明显增大的迹象，而另一组内心无安全之虞的小白鼠体内的肿瘤则或未增长或已然完全消失。

长期的严重的焦虑感的存在与不存在竟然有着如此大的差别！

焦虑无疑是一种情绪上的负能量，而当持久的焦虑如同幽灵般挥之不去时，这些因无法排解而堆聚起来的负能量就会严重削弱身体的免疫能力、精神上的防御能力甚至是思想层面的准确判断能力，从而让事态朝着非理想化的方向发展，正像上述生物实验中出现的那样。

事实上，焦虑并不能帮助解决实质性的问题，正如笼外的大猫并不会因为笼内的小白鼠有焦虑情绪而停止在它们眼前晃来晃去一样。

事实上，在焦虑中预设的种种糟糕甚至可怕的结果与现实之间看似接近却往往相距很遥远，恰似笼外的大猫虽然就在不远处张牙舞爪，尖叫频频，却也终究不能破笼而入一般。

既然焦虑于身心而言有害无益，而且于事无补又常常属于庸人自扰，

那么当焦虑袭扰近身时，就让我们拿出理智和力量，把它当作足球一样一脚踢开吧。

对焦虑说"不"，最紧要的是给情绪制造一个有效宣泄的出口，比如唱唱歌，比如跑跑步，比如打打球，比如下下棋，比如看看书，比如聊聊天，只要用心，总能找到最适合自己的一套远离焦虑的方案。

对焦虑说"不"，最核心的是用行动说话。把自己现在的和手头的事情做好，把远景目标规划好，立足于本职而又不忘记给自己"充电"，不断增强应对各种突发和复杂情况的能力，不断提升迎接挑战和解决问题的水平，不断扩大自己与风险或潜在风险对抗的资本。

对焦虑说"不"，还需要修剪过多的欲望，需要升级抗压的版本，需要坚定前进的方向，需要豁达的心胸、超脱的精神和豪迈的气概。唯有这样，才能感染"一蓑烟雨任平生"的诗情，才能领略"战地黄花分外香"的画意，才能抵达"不以物喜，不以己悲"的高度。

如此这般，不知不觉中，焦虑的绳索就会自行松开，而你已经成为一个能够从容掌控情绪的生存高手和生活哲人。

比，然后知不足

金庸作品《笑傲江湖》中有一场武林比斗的故事读来耐人寻味。

冤家路窄，狭路相逢。日月神教教主任我行与五岳剑派盟主、嵩山派掌门人左冷禅第一次相遇即大打出手。

高手过招，步步惊心。论武功，前者还是处于领先水平的，任我行还没有祭出自己的看家本事——吸星大法就已经稳稳地占据了上风，逼得后者渐渐地只有招架之力，而无还手之功，随着比拼时间的推移，左冷禅的败象越来越明显地露了出来。

然而，比斗在似乎最不该停止的时候突然间停止了，而且最先退出比斗现场的竟然是看似稳操胜券的任我行。

原来，任我行虽然占有绝对优势，但此次逢上的毕竟是江湖上一等一的高手。激斗过程中内力消损甚巨，往日里以吸星之力吸取自他人体内的异派内力因此刻无暇分心进行强势压制而有反噬逆扑的迹象。

突感胸口疼痛难忍的任我行意识到自己的吸星神功虽然作战时威力奇猛令江湖中人闻风丧胆，但却有着一个致命的缺陷，这让他果断地决定退出拼斗。

深知自己技不如人的左冷禅也赶紧退出拼斗，至少从表面上看这场比斗还未分出伯仲，自可保住一份体面，他当然不会恋战或叫嚣"将比斗进行到底"，否则只能是威名扫地、自取其辱。

于是，任我行"冷笑一声，转身就走"；于是，左冷禅"也不敢讨嘴头上便宜"。

比，然后知不足，知不足然后能自省，自省者方能自强。一场巅峰对决让交战双方都意识到了自身明显的不足和潜在的危机。从此，任我行开始思索研究一套可以降服体内异种内力的有效法门，而左冷禅则自创了一门应对至霸武功吸星大法的绝学——至阴至寒、可以冻僵内力吸入者的寒冰真气。

生活中，我们可能不会遭遇小说中任左二人那么激烈的生死比拼，但是一些相对温和的比试仍然能够让我们反省自己的弱项并确定下一步的自强方案。

荀子在《劝学篇》中告诉世人，积累、坚持和专一对于提升个人素养和"单兵作战能力"具有重要意义。不过，这些还是常规套路，当仅靠这三种常规品质来"闭关潜修"已无法实现对修为瓶颈的突破时，"比"的意义就显得尤为重要了。

它会以一种非常规的方式让你到达一个全新的、更高的战略视点，获得新启示，带来新思维，调整前进方向，修正作战计划，从而开启一段更加符合科学规律的发展之路。

当然，我们不做"好比分子"，不能也不必时时与人比，处处争闲气，这样太耗损时间，太浪费精力。但是，我们毕竟置身于现实"气压"的层层包围之中，一些事情不可避免地要与人"比"，比如学生时代比知识能力的考试，比如工作时期比业务水平的考核。

与其刻意回避却终不能"遁入空门"真正地躲掉，不如在"比"中

和"比"后认真地省察自己的短板和漏洞，然后及时地制定策略、拿出行动加以增长和修补，让自己更有底气地"笑傲江湖"，如此不失为智者的选择。

人生在世，当比则比！

人生的志和愿

中考填志愿，高考写志愿，"志"和"愿"两个字连在一起，表达的是心意，指向的是未来。

细细体味，两者的不同还是很明显的。较早用诗歌的形式加以区别的当数陶渊明了。陶氏41岁那年，高唱着"归去来兮"载欣载奔地返回家中，彻底跳出了为生计而出仕又因厌恶官场而归隐的反复怪圈，从此"悦亲戚之情话，乐琴书以消忧"，归园田居，再也不踏入官场半步。

"衣沾不足惜，但使愿无违。"是的，此时陶渊明心中的"愿"可谓实现了。东篱之下采菊花，南山之上种豆荚，西畴里面忙劳作，清流边赋诗，东皋上舒啸，再不用为五斗米而折腰。自然，悠然，怡然，坦然，超然，这位声称自己"少无适俗韵，性本爱丘山"的田园诗人应该是心归本位再无憾事了吧。

然而，事实并非完全如此。那一日，斜阳落西山，素月出东岭，这位年近半百的原彭泽令竟然彻夜不能寐，在举杯与自己的影子对饮时发出"日月掷人去，有志不获骋"的深沉感慨。由此观之，"愿无违"是一回事，"志不骋"则是另一回事。

"志"和"愿"如同钟表的分针和时针，"志"与"愿"互相牵引形成连动，但二者常常指向不同的方向，即使偶尔有重合的时候也不是全然

吻合。说到底，陶渊明的归隐是心灵之愿的胜利，同时也是现实之志的失败，前者带来的得意无法将后者残留的失意全面覆盖。别忘了陶渊明的曾祖父陶侃是东晋的开国元勋，官至大司马，这份家族荣耀感是无法从他的心灵磁盘中彻底清空的。建功立业原本并不为我们的五柳先生所排斥，其自动降低飞翔的高度还有着客观上的原因，而几次出仕也并非仅仅是为了那几斗米粮。

与陶渊明得了愿而失了志恰恰相反，有的人赢了志却输了愿。官居大秦朝丞相而位极人臣的李斯临刑前对儿子说，我想和你一起牵着黄犬追逐狡兔，这样的心愿还能实现吗？如文种，如韩信，史书上记载的此类人物并不在少数。

"志"常常带有现实的功利色彩，"愿"则具有理想的浪漫情调。古人"功成身退"的幸福人生模式走的就是"先志后愿"的路子，中国古代很多青史留名的历史人物多有类似的理念和心态。春风得意纵马看尽长安花，金戈铁马气吞万里如虎豹，"功成"的盛况让人钦羡；洗尽凡心相忘尘事，梦想都消歇，胸中云海浩然如浸明月，"身退"的境界也让人神往。所以，纵然志难遂，功难成，也要放手搏击一把，并且，无论搏击得成功与否，都要考虑如何全身而退。

理想丰满，现实骨感，带着志，揣着愿，途经年轻的地段，就算路上多泥泞多磨难，也要目光向前，脚步向前，一直向前！

像罗马皇帝一样退入心灵的堡垒

世间万物皆可升腾出不满的怨气，即使像支取薪水这样的好事也不例外。正如一条短信笑话所言，月底你满心欢喜地去财务处领取工资，却被"小贴士"友情告知"您本月的工资只击败了全国1%的在职人员"。

于是，不满、愤恨、嫉妒、苦恼、自卑等负面心情接踵而至，它们摆成乱舞的长蛇之阵瞬间就壅塞了你的内心，即使阳光明媚、海蓝天蓝，也似浊浪排空、阴风怒号，其情景并不比当年来到岳阳楼上的迁客骚人们强多少。

要知道，世界从来就没有绝对的公平和公正，攀比的目光投放得太远势必搅扰了心灵的一池静水，甚至会酝酿并升级成情绪的风暴，伤害自己，波及他人。哲人说，给攀比之念适时地降温，才会有幸福的甘霖从缥缈的云层中痛快地洒落。

当尘世的芜杂剪不断理还乱时，让自己暂且退入心灵的堡垒是一个不错的人生选择。这也是掌控着古罗马帝国战车的君主马可·奥勒留在沉思时经常做的一件事。他在其传世著作《沉思录》中说："退到任何一个地方都不如退入自己的心灵更为宁静和更少烦恼，特别是当他在心里有这种思想的时候，通过考虑它们，他马上进入完全的宁静。"

需要指出的是，这并不是消极的逃避，而是一种以退为进的策略，你将获得精力和勇敢，"因为一个人的心灵在什么程度上接近于摆脱激情，它也就在同样的程度上更接近力量"。

置身当今社会，不可避免地被卷入竞争洪流的我们在很多时候的确需要这种思想与做法。让内心趋于井然有序，让原则变得简单省净，在心灵的一次次隐退中不断更新自己，浇熄过旺的欲火，消除过多的杂念，心情就可以重新归于宁静、平和与美好的境界。

不一定要归隐山林，不一定要远离人烟，我们要做的不是隐退身体以逃避现实，而是住进心灵来观照人生。退入心灵的堡垒，你会忘怀得失，他说，"毫不炫耀地接受财富和繁荣，同时又随时准备放弃"；退入心灵的堡垒，你会忘掉荣辱，他说，"国王的命运就是行善事而遭恶誉"；退入心灵的堡垒，你会忘记一切，他说，"你忘记所有东西的时刻已经临近，你被所有人忘记的时刻也已经临近"……

哲人说，皇帝是历史的奴仆。大概古往今来最难退回自己内心的人就是拥有江山的皇帝了，然而马可·奥勒留做到了，在他闪烁着理性哲学光芒的沉思中做到了。如果你的这种类似尝试一直效果不大理想，我们可以再和他做同样的一次想象——所有悲叹或不满于一切事物的人，他们就像是一只做牺牲的猪那样挣扎和叫喊。我们当然不喜欢有人把这样的比喻加到自己的身上，那就停止那些无实质意义的可笑的悲叹和不满吧。何不把欲望和嗜好节制在自己的力量范围之内呢，何不"在来自外部原因的事物的打扰中保持自由"呢？毕竟"灵魂先于身体而早早衰退是一件让人羞愧的事情"。

在纷繁的人世间构筑一座心灵的堡垒，让它拥有不可摧毁的墙体以阻挡泛滥的功利潮水的冲击，以隔绝混乱的激情的强力渗透，以听从你的直觉的提醒和心灵的指示。"不知道这一点的人就是一个无知的人，知道这

一点却不飞向这一庇护所的人则是不幸的人。"让我们潜心领悟这位古罗马帝王先哲的沉思智慧,像他一样每天都腾出空闲去超越虚名和实利,去跨越失望和痛苦,从今天开始做一个告别无知和远离不幸的人。

"记住退入你自身的小小疆域","热爱那仅仅发生于你的事情","好好地欢乐地生活吧"!

心存热爱，对接幸运

在世界级的体育赛事中，花样游泳一直被视为柔美女子的竞技项目，也正因如此，作为男子花样游泳选手的比尔·梅，在第16届国际泳联世锦赛璀璨的群星中，依然显得格外引人注目。

2015年7月26日，俄罗斯喀山市，混双花游技术自选项目的泳池里，男选手比尔·梅与女选手克里斯蒂娜·琼斯组成的美国队以0.2122分的优势战胜实力不俗的俄罗斯队。比尔也因此成为历史上第一位夺得花游世界冠军的男运动员，一时间有了记者"三步一采访"的热度，有了花游项目史上最长的赛后发布会，有了比尔占据各大新闻头条的醒目看点。

比尔出生在美国纽约，他与花游的结缘可以追溯到堪称遥远的1989年。那一年，比尔刚满10岁。在学校他与姐姐同上游泳课，但游泳课结束后姐姐还要去学习花游技巧。为了与姐姐结伴回家，比尔只好在游泳馆门外苦苦等待。比尔把这种等待的无聊和煎熬感触倾诉给了家人，母亲建议他与其等待不如与姐姐一同参加。没有想到的是，母亲的一席话不仅让比尔真正爱上了花游，而且在不知不觉中改变了比尔的人生走向。

良好的禀赋和后天的努力不但让比尔于1996年就加入了代表全美最高水准的花游游泳队，还让他16次拿到全美花游冠军的头衔，1999年被评为

美国花游年度最佳运动员，赢得"美国花游教父"的美誉。花样游泳让比尔找到了自己的兴趣所在，找到了发挥自己顶尖级竞技水平的一片天地，并收获了持久的体育荣耀。

然而，在过去相当长的时间里，出于性别上的考虑，国际大赛花游项目都一例是将本来就少之又少的男运动员挡之门外。无论是泛美运动会，还是后来2004年的雅典奥运会，比尔都因为性别不符合大赛要求而被拒绝。

接连的遗憾让比尔觉得机会之门太过沉重，绝非仅靠一己之力可以推开。2004年，比尔出于生计等方面的考虑，被迫选择了退役，离开了他"一不小心"深爱上的花游比赛。此后，比尔来到了美国拉斯维加斯著名的太阳马戏团，成为一名全职演员，在那里进行他所擅长的水上项目表演，一干就是十年。

值得一提的是，比尔内心是如此喜爱花游，即便是在退役后的十年里也从未真正抛弃过花游，正如他的黄金搭档琼斯所言，"即使他（比尔）没有复出前，他也坚持在俱乐部训练，并且一直关注着美国花游"。

2014年底一个不是春日胜似春日的日子，国际泳联在多哈会议上投票决定，喀山世锦赛部分花游项目向男运动员开放，增设花游混合技术自选和自由自选两个项目。得知消息并收到邮件邀请的比尔马上宣布复出。

带着一时仍有些难以置信的兴奋，比尔找到了自己的队友——安德伍德，组成花游自由自选项目的组合。接着，他又找来了身高和体形均与自己相近的琼斯组成了花游技术自选项目的组合。

经过紧张而快意的一番准备，7月26日这一天，身穿一条红色游泳裤的比尔彻底蹿红。男性的加入无疑使花游项目更具力量感和观赏性。这一次，向来控制力和爆发力俱佳，并以其独特的旋转为招牌动作的比尔再次展示出自己绝强的实力和超酷的形象。他与队友琼斯默契配合，凭借精彩绝伦的水上演技一举征服了观众，征服了裁判，登上了世锦赛混合技术自

选项目的顶峰，并以世锦赛花游项目首位男冠军的身份开创了历史。此外，在另一个项目中，比尔还收获了一枚宝贵的银牌。

　　"我没有想到我会等到这一天。我想到的只是我要回来，我爱花游！"短发萧疏但襟袖未冷、热爱也从未冷过的比尔在获奖之后如是说。其实，只要心中的热爱之火一直燃烧，"这一天"是否到来已不是最重要的一件事情。"等到这一天"的比尔是幸运的，每一位心存热爱的"比尔"无论荣耀与否都是幸运的，因为热爱的光焰产生的那一刻就意味着与人生的幸运对接的开始。

止于羡慕

我不是一个身材高挑的人，没有身长八尺有余的临风高度，虽然勉强也算是中等身材，依然极易泯然于众人中。每每看到那些居高临下、魅力优势不彰自显者，心中常常要羡慕上一阵子——自己也会有这样的一天吗？

我不是一个容貌上佳的人，在大街上行走，从来都没有引来过惊艳的眼神和超高的回头率。虽然我一向不屑于任何关于美容方面的建议，但遇上"回眸一笑百媚生"或"帅气无声自逼人"的那些"上天耐心精雕细刻者"，也会有一番羡慕——自己咋就不能长得再"合理"一些呢？

我不是一个有着令人艳羡的职业的人，每逢过年过节，可爱而诚实的网友们晒薪水，晒福利，晒奖金，晒富足感，晒自己在主城区新购的第N套豪华大户型居室和依山傍水的新别墅，我只能另择空间低调地晒自己"穷开心"的破理念。真是"隔行如隔山"呀，请注意，我说的不是知识上的差异，而是级别上的悬殊——自己啥时候也能底气十足地跟他们一起晒数据呢？

我不是一个光环缭绕头顶的人，尽管心中也怀有一个小小的梦想，尽管在现实中也在不断地取得小进步，但我深深地知道我还远远没有积聚足够超越平凡的力量。没有名牌大学的文凭可作金字招牌，没有名车可开，

没有名狗可牵，也没有多少名牌可穿，在台上领奖的体育健儿中没有我，优秀的企业家名单里没有我，其他各类名人群体与我相距甚远……被世俗的目光所定义的成功人士们走在星光大道上的范儿让我羡慕——在这方面我今生今世大概是没戏了吧！

我不是一个体格特别健壮的人，一年下来身上的厚衣服总是脱得晚而穿得早。每每暮春或者深秋时节，见到那些衣衫单薄甚至踩着拖鞋的"勇士"从我身边经过，心里总是升起一种难以抑制的羡慕之情——我的身板要是也能像他们那样硬朗该有多好呀！

我不是一个日日有闲的人，个人空间时常被现实中的种种大事小情挤压得异常逼仄。羡慕那些从容安度时光的人，可以有大把大把的光阴任自己去挥霍，可以登登山，可以访访友，可以过几天"失踪的生活"，不用频频接手机、看钟表计算和等待下一件事情的到来——我要为此而苦等自己的"60后"时代到来吗？

我也不是一个非常洒脱的人，时常担心自己的某一举止会招来别人异样的目光，时常顾虑自己的某一反应会惹来背后他人的指点，内敛的心态让行动趋于拘谨，于是中规中矩，于是谨小慎微，于是理性几乎压榨出了所有的感性。然而，越是这样，内心越是羡慕那些率性而为的人，比如街上斜倚而睡的商贩，满大街的车马喧嚣都与他无关；比如那些跑酷的高手，自跳自适意，自跨自潇洒——这种状态我实在做不来，至少现在是这样。

实话实说，我羡慕的范围不止今人，还包括古人。羡慕颜渊的箪食之德，羡慕范蠡的功成身退，羡慕张良的运筹帷幄，羡慕曹操的横槊豪情，羡慕陶潜的南山归隐，羡慕辛弃疾的金戈铁马，羡慕徐霞客的行万里路、写万卷书……

没有高帅富，没有名壮闲，甚至连"破帽遮颜"和"漏船载酒"的勇气也是那样明显地不足，于是只好私下里玩一个人的"羡慕连连看"。庆幸的是，羡慕本身无毒，因为只是羡慕，没有后面的嫉妒，更没有嫉妒后

面的恨。说好了就让自己止于羡慕吧，因为就像日月星辰一样，我们都有着只属于自己的独一无二的运行轨迹，羡慕的对象仅供人生参考，不必面面俱到、样样看齐。

止于羡慕，怀揣美丽的向往走在有点儿无奈和遗憾的人世间，却是那样地不汲汲不戚戚，少了攀比之念，远了欲望之火，生命就会一如山涧溪流般轻快澄澈。就这样一路流淌一路欢歌吧，两岸再迷人的风景即使倒映入水中也决不去贪心承载成负累，最多也仅仅是亲近几瓣于风中自在飘落的轻盈花朵。

"却"后有风景

少年拒识愁滋味。

遥忆中学时代，一位迷恋古典文学的舍友向我推荐阅读他以节衣缩食一个月为代价从书店买来的《宋词三百首》，我却几次以"不忍心让青春去感伤"为由谢绝了他的一番好意。

年轻的心怕读飘着忧思愁绪的宋词，怕读辛弃疾壮志难酬把栏杆拍遍的英雄词，特别是怕被他那一声声"人间走遍却归耕""却自移家向酒泉""却道天凉好个秋"中的沧桑失意挫伤和衰老了自己的青春锐气。

如今已至而立之年的我在笑自己当年的傲气和率意的同时，细数这段来时的路，对曾经沧海壮阔难为一潭止水的辛弃疾也生出几分相惜之意。曾想当一名驾着先进战机呼啸祖国广阔蓝天的神勇战士，没想到却成了立于三尺讲台上手握粉笔的普通讲师；曾志在四方，想在三十岁之前有一些惊人的作为，没想到却滞留家乡依然默默无闻到今天；曾想让身边的人都因为自己的存在而过得更幸福更幸运，没想到却经常要为一些事情求助于人……这些状况的出现都不是我当初出发时的本意，正如在乡村赋闲不是辛弃疾的本意，尽管他的身边还有"一松一竹真朋友，山鸟山花好弟兄"。

欲观人世路，更上一层楼。站在人生更高的落脚处俯瞰，生命的征途

从来都没有单纯成一条直线，一个个"却"字就潜伏在这条路上，它们在不同的路段等待着你的身影出现，并在不同程度上改变你预先为通往目标而为自己铺设的桥板，把你引入一片片超出意外的天地。

计划常常赶不上变化，梦想往往与现实存在落差。试问古往今来贤人庸人智者愚者，谁人能够百分百地主宰命运？理性而欣然地接受"却"字带来的图景是做人的一门必修课程，不管这一道图景是蓬勃春光还是肃杀秋色。

蓬勃春光的确是上天对自己人生的一种奖赏，走在美丽的春花春草边，沐在柔和的春风春雨里，心情舒畅，道路通畅。肃杀秋色是上天对自己生命的另一种形式的眷顾，"我言秋日胜春朝"，删除岁月在心底滋生的寂寥和伤感，在萧萧秋风和无边落木中穿行也可激起豪情满怀，身架坚挺，脚步坚定，不失为迎战挫折笑傲人间的一幅壮行图。

再回首来时的路，虽然没有绿色军营的男儿横行，却也有不少培育的"桃李"已经枝头芬芳；虽然功业未显，却也过得充实日新；虽然没有兼济天下的不凡义举，却也能够善待自己、善待他人……

不抛弃对今日生活的喜悦，不放弃对明天图画的憧憬，就不惧"却"字在路边策划的伏击，一任人生平静无波又风生水起，山重水复又柳暗花明。

喜欢辛弃疾的另两句词——"城中桃李愁风雨，春在溪头荠菜花。"城中的桃李伤残憔悴，乡野迎着风雨开放的荠菜花却用它一身繁密的花朵来诠释什么是生命的盎然和顽强。是的，只要心中春意不减，脚下健步不停，一路浩歌，一路执着，"却"后就总会有风景，而我们正有幸呼吸和行进在这无边的风景之中。

第六辑

梦想的太阳日日升起

感恩生活，无畏困境，让梦想的太阳日日在我们的心空倔强地升起，理性地潇洒着，节制地进取着，如此这般，笑容之花就会一直在我们的脸庞轻轻地静静地开放！

乐观是氢，坚强是氧

每次学生来家中小聚，总免不了一番准备糖果水茶的忙碌。我打心里喜欢这种忙碌，就像一位空巢了一年的老人终于盼等到久滞他乡的儿女回家团圆一样，忙并快乐着。

敲门声响起，喧闹声冲进，虽然事先早已知道客人的来历，但还是掩饰不住满心的欢喜快步走出去，与曾经相伴于同一个教室的学生们撞个满怀，笑个开怀。

学生进屋坐下，畅谈一年里的新变化和新体验，我总会在一旁认真地听，就像他们当年曾认真地听我在讲台上讲课一样。

今年与以往有所不同的是，他们当中也有不少人考入了大学，稍加观察不难发现，这些大学生多是身穿时尚的衣服，手里不时地摆弄新款的手机，介绍起大学生活来滔滔不绝，似乎有着讲不完的新鲜事，不时逗得大家一阵哄笑。

但我很快留意到角落里一位表情很是平淡的男生，他的沉默让他显得更加扎眼。我凑过去在他的身旁坐定，与他小声攀谈起来。

他的脸色比别人至少要黑上一层，身材瘦而挺拔，给人一种健壮的感觉。谈话间他向我展示了自己手上的几处烫伤，此时我才注意到他的手掌远比那些在学校里握笔写字的学生要大要粗糙，手指也明显粗壮许多。

这是一双标准的劳动者的手呀，自初中毕业到今日一直劳动了三年多的手呀！十几岁的年纪就已经体验到了生活的艰辛。

我一阵心酸，一时间竟不知该说几句什么才好。我能说些什么呢？想来想去也就是机械地重复那一句"一定要注意安全"。

"没事儿的，这是我初学电焊时留下的伤痕，现在技术早已熟练了，请老师放心吧。"他似乎已经察觉出我心情猛然间转成了沉重，极力轻描淡写地说。如此，我倒成了一个被安慰的对象。

我还能说什么呢？牵强的笑容在我的脸上僵硬地挂着，我不想大量地抛售内心不断涌出的怜悯之意，因为这种过度外化的怜悯只会让我原本不易的学生显得更加可怜，那简直就是一种事与愿违的"爱心绑架"。

他也不大自然地笑了，是很憨厚的那种，但我能感觉到里面蕴含着浓度极高的乐观和坚强，我也能感觉到自己心中也开始不断有乐观和坚强的气息注入，让我的心情由恍然变为释然又转为欣然。

乐观是给人以轻松的氢，坚强是为岁月输入活力的氧，二者的美妙化合生成的必是汩汩流淌的泉，滋润生命田野的幸福甘泉。

是的，此时学生透着坚毅的眼神让我再次确认，一定是这样！

理性的潇洒，节制的进取

如果把金庸先生笔下的男主人公们集合起来，把其中悲剧身份、悲剧使命、悲剧性格以及思想上带有偏激的人筛选掉的话，大概现场就只有《笑傲江湖》中的男一号令狐冲一个人了。

令狐冲可谓是集金庸先生"万千宠爱于一身"，作者毫不吝惜地把自己的理想赋予了他，让这位令狐少侠拥有理想的功夫（至霸的神功吸星大法，至妙的心法易筋经，至强的剑法独孤九剑）、理想的人生轨迹和归宿（奇迹与波折相伴，且每次都遇祸成福，功成后携爱侣毫发无损地退出江湖），而更重要的是他拥有理想的性格特质。

作为中国本土出产的两个对后世影响最大的思想体系——儒学和道学，如同黄金分割给人带来的均衡和谐的视觉美感一样，空前地以恰到好处的比例融合在令狐冲的性格气质之中，构成一个理想中的儒道合一的结合体，使其入世而又不急功近利，出世而又不愤世嫉俗，穿梭于游方之内外进亦逍遥，退亦正派。

读完原著第四十四回后，蓦然回首你会发现儒家的五种常德——"仁义礼智信"在令狐冲身上都能很清晰地找到，尤其是"义"与"信"两种道德元素显得极为厚重和耀眼。

《救难》《坐斗》两回中，这位带着一身血迹、已然重伤的令狐少

侠，硬是强出头毅然决然地再次出现在明知不敌的强手田伯光面前，声称要与其坐着比斗剑法。由于双方实力悬殊，比斗中又连中数刀，旧伤新伤共达13处之多，"身上各处伤口中的鲜血不断滴向楼板"，只为心中的那份倔强不移的正义。左冷禅、岳不群等体面人物一向公开自我标榜和极力宣扬却始终未能做到的"五岳剑派，同气连枝"却在这里得到真正展现。舍生取义、义薄云天、义字当头、见义勇为……儒家的说教在这里得到了最深刻的诠释和最淋漓的见证。然而，令狐冲这一重义轻命的壮举却也夹带着一些不拘礼俗的非常细节，如为了支开仪琳促其脱险，不惜编出"一见尼姑，逢赌必输"的鬼话，并煞有介事般宣称尼姑居天下三毒之首，还破口大骂，"滚你妈的臭鸭蛋，给我滚得越远越好！"更不可思议的是，竟戏称自己使的是专刺苍蝇的茅厕剑法而且坐打功夫天下第二，以此来智激对方与自己打斗，最终为仪琳脱险制造了机会。金庸先生把英雄大义构建于人物不拘泥小节的言行之上，还侠义精神以生活本色，堪称智绝、妙绝！也许正因为如此，这位华山派大弟子，最被看好的下任掌门人，逐步偏离了这条在众人猜测中似乎已成定局的正统之路，与那些被欲望心魔所困的伪君子和真小人在道德上和行动上划清了界限。

如果说前面街头义救仪琳还是一种"个人无意识"的自发行为的话，后面《伏击》一节则更多的是有意为之。令狐冲援手恒山派人众，打乱并粉碎了左冷禅对异己的围剿阴谋。这一义举是以一个假冒的福建泉州府参将吴天德形象完成的，在风格上与前面保持了一致。一切情节都被安排得极具戏剧化，这位表面上看来毫无功夫基础、粗俗滑稽、乱打乱撞甚至连走路都走不稳当的"军爷"居然次次解围破敌，挽狂澜于既倒，读来让人拍手称快！

不仅如此，"信"的美德也被令狐冲发挥到了极致。因举止放荡不羁而被罚面壁思过的他机缘巧合学到了本门太师叔风清扬的独孤九剑，并得到其亲自面授指点。临别时，只因一句"你见到我的事，连对你师父也不可说起"的随口之言，一句"自当遵从太师叔吩咐"的承诺，即使遭到自己平生用情至深的小师妹的误解，即使被师父逐出了自己最是在意的师门，即使被怀疑和诬陷偷了林家的《辟邪剑谱》身败名裂也绝不食言。

为了兑现对定闲师太临终前的一句匪夷所思的嘱托的承诺，破天荒地以一个男子之身居于领导一群尼姑的掌门之位。此等惊世骇俗之事唯有"生忘形，死忘名"的不拘世俗之念的人方可做到。

而他的几次拒盟加入日月教，不惧威逼，不为利诱，既拒出了儒家的大义凛然的浩然正气，也拒出了道家无功无名的隐士情怀。更难得的是他的光明磊落和守身如玉，即使那位与岳阳楼上不得志的迁客骚人一样自命清高的潇湘夜雨莫大先生也不得不由衷地称颂他，"你不但不是无行浪子，实是一个守礼君子，对于满船妙龄尼姑，如花少女，你竟绝不动心，不仅是一晚不动心，而且是数十晚始终如一，似你这般男子汉大丈夫，当真是古今罕见，我莫大好生佩服！"也许正是令狐冲掩藏于好酒贪杯随意而行之下的内在人格馨香，让任盈盈这位为千万江湖人士仰慕敬畏的绝丽佳人"圣姑"格外垂青乃至甘心以命换命。

毋庸置疑，依照儒家的道德标杆来衡量，令狐冲是一个24K足金的真君子，但由于内心的道家清幽之气决定了他不是一个渴求建功立业的志士，其进取心更没有恶性膨胀为一统江湖的野心，虽然他无意中名满江湖、建功无数，并且具备了做武林盟主的一切条件。事实表明，金庸笔下的令狐少侠是雄心内敛之后的苏轼和辛弃疾，是滤掉张狂之气的嵇康和阮籍，随遇而安，恬淡自适，飘飘然如御风而行的列子，坦荡荡似歌咏而归的曾皙，俯仰无愧立天地，一蓑烟雨任平生。

就这样，各去偏颇的儒道二学成功突破了"天之小人，人之君子；人之君子，天之小人"（语出《庄子·大宗师》）的难两全的禁制，互为表里、互相制约地完美统一在了令狐冲身上，成就了他理性的潇洒，节制的进取。

　　或许，放射着太多理想光芒的令狐冲不能成为真实人生的一个样板模式，但那于世无碍、于人无损的沧海一声笑却可以成为我们挫折中的一种慰藉、焦躁时的一方清心剂。

梦想的太阳日日升起

　　人生在世，不可拒绝梦想之光的照耀。梦想之光，哪怕只是从层层阴云中透下来的几点微弱的光芒，也能阻止人的心境走向极端的状态。

　　想来，我的一位老同学是深谙此道的。

　　同学在很小的时候就表现出了对武学的痴迷。上小学时就开始天天早起打拳，没想到这一习惯竟然能一直保持到现在。而且，他还把电脑视频中的各家套路与自己的心得体验相结合，形成有着自己独特风格的拳路，每次去观摩总能感觉到他的进境，路线时长时短，速度时快时缓，冲力时大时小，发力时狠时绵，真是愈来愈见功夫。

　　同学的梦想是当一名优秀的军人，练习拳法的初衷就是强身健体，以便为自己开辟一条通往绿色军营的成功之路。可惜的是，好几次都由于一些其他方面的原因而与梦想擦肩而过，如今他在一个政府部门从事文职工作。

　　与其说同学在苦苦捍卫一个心中不可能实现的梦想，不如说他在快意地沐浴着梦想之光的爱抚。没有一身戎装，没有钢枪在握，但有军人的意志和精神在为其生活注入迎接挑战的坚强和硬气。置身于他的军人气质和爽朗笑声所构建的气场里，总能让人顿生豪气，谈笑间把人间坎坷看淡。

　　在去过他家N次后，我终于明白，当年"醉里挑灯看剑"的辛弃疾也

是通过接纳梦想之光的方式来对抗在家赋闲而无用武之地的难耐时光的。从某种意义上说，正是辛弃疾内心不时生出的少壮之朝气与人生之暮气的有益对冲，保持着他心态的微妙平衡与健康愉悦。

我的另外几位朋友，也常常通过涉足梦想境地的方法来调剂自己的心灵，只不过，他们不单有意念的支撑，还有身体的抵达。

用世俗的眼光来定义，他们都是其从业领域内的成功人士，有大房，有名车，有让人羡慕的幸福家庭，但这些并没有让他们止步于现实的物质围堵之中。从前年开始，不知是谁的提议，他们合伙承包了半亩地，从而有机会过上了"躬耕于南阳"的生活。

这半亩地远在三十里开外的一个偏僻的小村庄，每逢节假日，他们常会换一身旧而干净的行头去那里做田间农夫。播花生，种大豆，插红薯，栽高粱；拔草，施肥，捉虫，浇地，收获……当然，他们的果实的成本是要远高于一般农人的，但只问耕耘不计收获的心态把劳动转化成了一种享用的过程，于是乎陶陶然，欣欣然，忙得不亦乐乎。

我知道，他们身处万丈红尘之中，心里却一直有一个田园梦。在那里，他们的梦想画卷终于在天地之间铺展开来。于是，"汗滴禾下土"有着一种疲惫的快感；于是，"夕露沾我衣"带着温馨的诗意，而那半亩田地早已是他们心灵的息壤，那种沾着泥巴味的生活更是成了让他们化解职场重压、清空心灵尘杂的最佳途径。

为了更方便地接受梦想之光的照耀，去年春天他们还在村庄里购置了一个五间房的旧居。院子里攒着高粱，堆着豆秸，房顶上晒过花生，还有红薯干。着一身劳动服装的打扮在巷子里进进又出出，让他们瞧上去与庄里人一般无二。

钥匙是人手一把，轮流或结伴回来照理农事。有时候，即使不是假日也会带着一家老小回村庄住上一晚。听一听草间虫鸣，数一数满天繁星，嗅一嗅从乡野刮来的带着庄稼味道的风，迎一迎照向床前的月光，然后第

二天清早在枝头鸟雀的婉转叫声中甜美地醒来。

真的很羡慕和佩服他们的生活创举，在忙碌打拼、志得意满之余居然还可以削减欲望保有农耕文明的悠闲自足。物质在事业领域里得以保障，精神在梦想家园中得到滋养，在两种文明中自由穿越，这几位朋友看上去竟然比两年前更显少相了些。

梦想实现或者不能实现，我们都要本着善待自我的想法让它在自己的心空上日日升起。因为，梦想在，眼前不黑；梦想在，脚步不慌；梦想在，心中不冷。

韶光逝去，绰号不灭

恰似说《水浒》不能不谈及一百单八将的绰号，每个人的韶光校园中也都能轻易觅寻到绰号元素的存在。

两友阔别日久，偶然喜乐相逢。对方的名姓被暂时性遗忘，但停用已多年的绰号却脱口而出。往事一幕幕在心头快速地放映，于是，肢体动作代替言语表达，亲切之意大增的双方来了一个兄弟（姐妹）般的拥抱。古人说，这是"他乡遇故知"，人生四大乐事之一。

一些绰号是曾与其本人的某一特征相关的。比如，"猴子"多半身材瘦削，身手敏捷；"大熊"多半体形肥胖，动作笨拙；"竹竿"则多半清瘦兼高挑。

一些绰号与本人特征无关，只是与姓名谐音而已。姓何的叫"河马"，姓范的叫"贩子"，姓唐的叫"糖葫芦"；名中带"亚"的被唤作"鸭子"，带"东"的被唤作"冬瓜"，带"霞"的被唤作"匣子"。与姓和名都谐音的情况也是有的，比如称赵丽为"笊篱"，称刘淑彦为"柳树叶"……

说来最惨的应是当时班里一个姓秦的，尽管人家有着典型的淑女气质，还是受到南宋一位大奸臣的拖累，有些人全然不顾人家的脸面问题和性别差异而称之为"秦桧"。"秦桧，你好呀！""秦桧，借你一支笔好

吗？""秦桧，写完化学作业了吗？"……终于，"秦桧"忍无可忍，无须再忍，犹记得那是在一节班会课上，老师刚刚布置好下一周的工作，但见该女生径直冲向讲台，在义正词严地指斥他人罔顾事实乱加绰号之不仁义的同时，还大力宣扬了自己的爱国主张。自此，全班同学为她"平反昭雪"，并另启用一个据说与一种导弹同名的绰号——"爱国者"以示抚慰。

也有一些绰号是有一段来历的。例如，有位喜欢剃近似和尚头的男生，班内有好事人士干脆"赐给"他一个法号——大悲。例如，有位喜欢吃橘子、泡橘皮水的女生，同样获赠了一个雅称——橘子小姐。再例如，有位仗着不用上税而大肆吹牛的，被称作"大吹"，后又更名"大锤"。

还有一些绰号与宿舍排名有关。某一男生宿舍兄弟六人，按年纪从大到小排，依次取绰号为大龙、二狮、三虎、四豹、五蝠（福）和六猴，简直就是一个微型动物园了。

绰号有别人起的，也有自己封的。班内有一位姓张的武侠书痴就自称张无忌，课下与人切磋武艺时，"张无忌"动辄就使出"九阳真经"和"乾坤大挪移"。遗憾的是，不知是修炼不得其法还是功夫火候未到，长得并非力量型的他常常是挑战在先，落败在后。不过，这并不能动摇他成为一代武学宗师的决心。这位仁兄的心态真是极好的，不仅不从自身找原因，还高调宣称自己有"武德"。只是令"各路英雄好汉"搞不明白的是，隔壁班分明有一个叫赵敏的女生，而他却看上去一点儿都不上心。

往事越多年。毕业N周年的同学会上，令人眼睛大跌的是，"猴子"已经长出了将军肚，"大熊"却是一身挺拔，"竹竿"的高度已经"泯然众人矣"，"大龙"一脸少相，而"六猴"却头发无多，搞设计的"大锤"只笑不说，搞艺术的"大悲"则留了一条小辫……还好，"爱国者"成了一名摄影师，不少以祖国大好山河为题材的作品频频获奖；"张无忌"也终于如愿以偿成了当地颇具知名度的跆拳道教练，不过，即使再有

"武德"，席间也无人敢与他切磋了，毕竟身体被"挪移"到地上可不是什么好玩的事情；谈笑间如今已是一家公司女经理的"笊篱"正把服务员端上来的饺子分发到各位同学的面前，动作娴熟而专业，难怪被大家誉为"每次吃饺子必须要想起的人"……

韶光永不回头地逝去，绰号的美丽特质经久不灭。

和教官在一起

高一新生军训，我以班主任的身份参加，更以受训者的心态参与。

教官姓姜，东北人，皮肤黝黑，身子挺拔，是从武警部队下来的一名班长。军龄一年半，年龄小我七岁，与我的那拨学生更是相差无几。

初次认识他情节颇具有些戏剧性，在军训开始前的格斗表演中，由于一时不慎，他的脑袋重重地磕到了操场的水泥地面上。声音很脆传得很远，在围观师生的一片惊呼声中，他一个鲤鱼打挺站起身来，脸上没有丝毫的痛苦和怨气，随后而至的自然是一阵热烈的掌声。这就是他给我上的第一课——做人要坚强，男儿流血不流泪。

没想到机缘巧合，表演结束后他被分到我班当教官，做我学生的教官，事实上也是我人生的教官。

军训为期六天。前三日天气晴好，日光格外关照。不到小半天上衣就会湿透，汗珠就开始乱滴，他不在意；不到一天嗓子就已经喊哑，他仍不在意。他总是卖力地教学生稍息、立正、前后左右转法、跨臂、跑步等基本受训课目，就连"中场"休息时间也要充分利用——把步子走得不是很规范的学生叫到身边认真演示指导，直至达到标准为止。

第四日不巧逢上雨天，一上午的小雨淅淅沥沥很是恼人，姜教官于是

把阵地由操场转移到了甬路上，在这里，两旁浓密的梧桐枝叶可以挡住大半雨势，而他却冒着雨站在甬路中间，一任雨水顺着短发滑在脸上，坠在地上。他用嘶哑的喉咙郑重地告诉大家："有名次就全力去争，要争就争第一名！"正是这股拼劲使他成为全连唯一一名当上班长的义务兵，这是他给我上的第二课——崇尚荣誉。

第五日下午，天已放晴，四点半进行当天最后一个集训环节——比赛预演。我班是第八个出场，站在学生旁边的他继续用他那依旧嘶哑的声音，结合上场班级的表现，给学生们讲解每一个动作要领及注意事项，一直讲到准备上场。

遗憾的是，有两名同学把"向左转"的口令做成了"向右转"的动作，下场后，失望的表情挂在了每个人的脸上，那两名动作失误者更是脸红。这时他又发话了："不是你们的错，是我没有喊清楚。"话刚说完，一个矿泉水瓶带着响声滚到他的脚下，是一位捡垃圾的老妇人不小心从袋子里掉出来的，他迅速地弯下腰把空瓶递了过去……不推责任，怀有爱心，这是他给我上的第三课。

军训第二日，因一盒润嗓药我和他攀上了"亲"，此后便常是席地而坐深入交谈。再加上我本人浓厚的军事情结，我们谈得很是投机——从藏南到南海到亚丁湾，从日常训练到业余兴趣到人生追求，话题总是不断。每每说到尽兴处不禁抵掌而笑畅快之至，那情景像极了辛弃疾遇到了陈同甫。

打小就有军旅梦的我，和学生们一道尽情地呼吸着从绿色军营中飘出的英雄气息。他的个人奋斗史让人钦佩，他的六日表现让人折服，他是第一个如此密集地震撼我的人。

第六日，随着军训的落幕，姜教官和此次同来的其他战友一块儿返回了驻地。姜教官走了，但他的精神并没有离我们而去。当天晚自习，在我

的倡议下，全班总动员竟然整理出八十二条"教官语录"。"不服输，不怕事，不窝囊"，"即使心碎也不能让志碎"，"军人的任务就是战斗和准备战斗"……每一条都浓缩了军人的意志和风采，这又将是怎样的一笔巨大的思想财富呀！

和教官在一起，每一天都在收获着人生哲理！

无畏的心

行走人生路，每每遇挫畏难时，常常想起一段少年往事。

那是十岁光景。一个炎炎夏日的正午，我悄悄从正在酣睡的家人身边迈过，轻轻掩上院门与东邻家的小伙伴一同去村子西边的沙场游玩。

那一天，我们玩得太尽兴了，竟忽略了天空正在酝酿的一场大风雨。一阵疾风吹过，在沙场一侧斜坡上作速滑的伙伴无意中发现，路边一棵高大的笨杨树上，有一个洞掩映在浓密的枝叶间。凭直觉判断，那里面应该有一个鸟窝。

我们很快就"兵临树下"，一南一北、一上一下向树洞位置攀援。爬到两米高时，风猛然间变大了，树枝晃动树叶作响，裹挟在风中的大雨点儿也趁势打在我们的脸上和身上，而此时人距离树洞高度还有三米有余。我们下意识地抱紧树干却都没有下树放弃的意思，攀爬，攀爬，向着目标攀爬，直到把手伸进那个里面别有洞天的树洞，触摸到几只羽翼未丰的小雀。此时的风雨更加肆虐，大有把人席卷而下之势，意识到离开树洞保护的小雀会马上毙命，我们把手松开，有序地撤了下来。

风声正劲，大雨滂沱，凉鞋陷在无边的泥泞中拔不出来，我们索性把鞋子脱掉挽在手里来个光脚急行军。两里多地的飞奔，雨水顺着打了绺儿的头发急急地向下落，逆风前进让人透不过气来。一棵棵小树东倒西歪，

一道道雷电在不远处炸响，而以雨水洗面的我们却如同疆场上冲锋的战士，英雄般地一路高呼着"痛快"……

后来呢？后来年龄越来越大，胆子却越来越小。直到有一天步入社会，开始学会了察人脸色，畏人言语，揣人心思，做人隐藏心志，做事瞻前顾后，总是退缩，却找到了一大堆搪塞自己向困难妥协的借口，总是平庸，却找出了一箩筐接受现状、安分守己的理由。当年的追风豪情退化成今日的闻风丧气，个中情味真有点儿像鲁迅先生笔下那个曾经无忧无惧在月夜刺猹，成年后饱受生活重压、唯唯诺诺的闰土。

一颗无畏的心最是容易在岁月的凄风苦雨中凋零。英雄如早岁"中原北望气如山"的放翁也不免有"镜中衰鬓已先斑"的感慨，壮士如"金戈铁马，气吞万里如虎"的稼轩也难逃"却道天凉好个秋"的感伤。但只要脊梁不弯、豪情不坠，即使是一行断雁叫西风的萧瑟秋日里也会有"不似春光胜似春光"的寥廓和灿烂。有道是，少年壮志在，风霜雪雨不言愁，心在春天，人就在春天。

既然前方的风雨终不会因为心存彷徨和回避之念有丝毫收敛，就让我们以昂扬的奔跑姿势对抗困境、穿行岁月。豪情不溜号，胸中跳动的将永远是一颗无畏的少年心。